KB021218

생각보다 잘 지내는 중입니다

생각보다
잘 지내는 중입니다

지 은 이 | 김쾌대
펴 낸 이 | 김원중

편집주간 | 김무정
기　　획 | 허석기
디 자 인 | 옥미향
일러스트 | 메모리레코드
제　　작 | 박준열, 강준
관　　리 | 차정심
마 케 팅 | 박혜경, 이기남

초판인쇄 | 2019년 02월 27일
초판발행 | 2019년 03월 05일

출판등록 | 제313-2007-000172(2007.08.29)

펴 낸 곳 | 도서출판 상상나무
　　　　　상상바이오(주)
주　　소 | 경기도 고양시 덕양구 행주산성로 5-10
전　　화 | (031) 973-5191
팩　　스 | (031) 973-5020
홈페이지 | http://smbooks.com
E - m a i l | ssyc973@hanmail.net

ISBN 979-11-86172-51-3 (03800)
값 13,000원

혼밥을 즐기는 아재가 들려주는 봄날같은 감성에세이

생각보다
잘 지내는 중입니다

김쾌대 지음

상상나무

덤으로 사는 인생

장을 보러 마트에 갑니다. 할인행사 매대에 가격을 낮춰 판매를 유도하는 프로모션 제품들이 산더미처럼 쌓여 있습니다. 뭐가 있나 하고 살펴보는데, '원플러스원 패키지'도 눈에 띄네요. 어릴 적 학교에 들어가서 '1+1=2'라는 공식을 처음으로 배웠어요. 학교를 졸업하고 사회생활을 하면서는 '1+1=할인행사'라는 걸 알았고요. 최근에 심근경색으로 응급실에 실려 갔다가 5분 차이로 죽을 고비를 넘기고 요즘에는 '덤으로 살아가는 인생'에 대해서 많은 생각을 하며 지내고 있습니다.

학교를 졸업하면 더는 시험 안 치르고 살아갈 줄 알았는데, 인생은 오히려 삶의 한복판에서 진짜 문제를 내주더라고요. 학교에 다니면서 수학 공식 잘 외우고 영어 문법 잘 익혀서 시험 성적이 잘 나오는 바람에 저는 저 자신이 대단히 잘난 인간인 줄 알고 착각하며 지냈습니다. 젊은 시절, 한때는 높이 비상도 했지만, 끝도 없는 바닥으로 곤두박질치면서 자존감은 뭉개지고 하루하루 의미도 없고 활기도 없는 그런 날들을 십 년이 넘도록 보내기도 했고요.

요즘 인생이 저에게 주관식으로 묻습니다.

"다시 살아가면서 느끼는 점이 무엇인가?"라고요.

저는 대답합니다.

"가족이 참 소중하고 사랑을 나누는 사람들이 고맙다는 생각을 합니다."

다시 질문이 날아듭니다.

"그래서 앞으로 어떻게 살고 싶은가?"

저는 행사 상품 공짜 덤처럼 살아가는 인생은 살고 싶지 않다고 대답합니다. 똑같은 물건 하나 더 준다고 상품의 가치가 달라지는 건 아니지 않습니까. 가격이 낮아져서 사람들의 관심을 얻어 선택받는 저렴한 인생을 살고 싶지 않다는 뜻입니다. 스포츠에서 전반전과 후반전이, 공연에서 1막과 2막이 사뭇 다르듯 그렇게 저만의 스토리를 완성하며 진정한 삶이 무엇인지 어린아이처럼 다시 배우며 살고 싶습니다.

어떻게 그게 가능할까요? 육체는 늙어서 기력이 떨어지고 마음 바닥에도 이미 어지럽게 적힌 이야기들로 꽉 차 있어서 어디서 무엇부터 시작해야 할지 막막한 게 사실이에요. 그래도 정신을 바짝 차리고 새롭게 시작하려고 합니다. 그리고 그 시작의 처음은 아마도 "나 자신과 주변을 새롭게 바라보기"가 아닐까, 그런 마음으로 요즘 하루하루를 지내고 있습니다.

덤으로 삶을 얻은 50대 아재의 살아가는 이야기, 한번 들어 보실래요?

#목차

첫번째 이야기

두번째 이야기

세번째 이야기

생각보다 잘 지내는 중입니다.

첫번째 이야기

나이가 들어서 도전하는 일이 점점 사라진다고 하지만 실은 정반대라고 생각합니다. 익숙한 것들과의 이별, 그리고 이전에는 미처 깨닫지 못했던 것들과 만남이야말로 나이든 사람만이 누릴 수 있는 특권이 아니겠냐고 말씀드리고 싶네요. 혹시라도 저처럼 급하게 먹는 식습관 때문에 고생하시는 분들은 속는 셈 치고 한번 왼손으로 식사를 해보세요.

혼밥 이야기

여러분은 혼밥 좋아하시나요? 저는 아주 오랜 시간 동안 혼자서 밥을 먹었어요. 좋아해서라기보다는 편했기 때문에….

어릴 적 부모님께서 너무 많이 다투셨기 때문에 늘 조금은 주눅이 들었다고 해야 하나, 사람들과 잘 어울리지 못했어요. 밥을 함께 먹으면 금방 친해지고 마음을 여는 사이도 될 수 있는 것 같은데 말이죠.

철도 일찍 들어 조숙했어요. 삼 남매의 첫째라서 동생들을 이끌어야 하는 처지였고, 반에서도 반장이나 부반장을 맡으며 늘 책임감을 느끼는 환경에서, 혼자 밥을 먹을 때 짐을 벗고 해방된 느낌이 들었나 봐요. 예전에는 혼자서 밥을 먹는다고 하면 사람들은 무리에 섞이지 못하고 소외되었기 때문이라는 색안경을 끼고 바라봤지만 저는 아랑곳 하지 않고 혼자서 밥을 먹는 걸 즐겼어요.

이제 시대가 바뀌고 혼밥의 시대가 온 것 같네요. 사방을 둘러보면 1인용 먹거리가 차고도 넘쳐서 고르는 데도 힘들 지경이에요. 이렇게 많은 제품이 쏟아져 나온다는 건 혼자서 지내는 사람들이 많아졌다는 뜻이겠지요. 그 사람들이 집밥을 그리워하는지는 모르겠지만 저는 오히려 더 좋아졌어요. 혼밥의 매력은 다른 사람들로부터 부당하게 간섭받을 필요도 없고, 대신에 불필요하게 누군가를 참견할 이유도 없다는 점이 아닐까 해요. 게다가 요즘 나오는 먹거리들이 간편하고 맛도 제법 좋은 편이라서 만족도가 높기도 합니다.

그렇게 나름 혼자서 밥을 잘 먹고 지냈는데 요즘은 문득 자문하곤 해요.
'혼밥 하면 혼자라는 말에 온통 신경을 쓰느라 혹시 밥(을 먹는다)에 무심했던 건 아닐까...'
우리가 누군가에게 "언제 한번 밥 먹자."라고 할 때, 그건 단순히 만나서 음식을 위장 속에 채우자는 뜻은 아니잖아요. 거기에는 밥을 먹으면서 사는 얘기도 하고, 누군가에게도 말 못할 심정도 나누고, 고민거리도 털어놓자는 뜻인데 제가 살면서 그런 인간적인 교류를 소홀하게 생각한 건 아닌가 하는 반성을 합니다.

그뿐만이 아니라 1인용 제품들에서 문득 비인간적인 느낌이 들어서 씁쓸하기도 해요. 말 그대로 음식에서 사람 냄새가 많이 없어져 버린 것 같다는 그런 생각이요. 아마 그릇이 문제가 아닐까 합니다. 플라스틱 용기, 비닐봉지, 종이팩, 나무젓가락 등이 주는 산업용품의 재질감 때문에 소비자인 저 역시 산업사회의 한 부품이 되는 건 아닌가 하는 생각이 들어요.

집밥이라는 게 단순히 집에서 먹는 밥이라는 뜻은 아니잖아요? 거기에는 음식을 장만하느라 새벽부터 일어나신 어머니의 졸린 하품과 시간 맞춰 음식이 탈 새라 쫄 새라 뒤척인 손길과 음식이 다 만들어지면 많이 먹고 힘내서 열심히 살아가라는 정성스러운 염원이 담겨서 나오는 거잖아요. 오직 합리성과 가격 경쟁력만을 위해 만들어진 일회용 용기에는 그런 사연이 없죠. 마치 흙과 쇠가 뜨거운 온도를 지나 도자기 그릇들과 숟가락, 젓가락으로 완성되는 것처럼 음식들에도 그런 사연이 녹아들게 되는 것 같아요.

그런 생각을 하고 나서 어느 날은 일회용 즉석 음식들을 꺼내서 밥그릇과 국그릇, 그리고 커다란 접시에 골고루 담아서 먹어 보았습니다. 용기 하나 바꿨을 뿐인데 보다 인간적이고 정성스러운 느낌이 들어서 지금까지 될 수 있으면 꼭 그런 식으로 먹곤 해요. 가뜩이나 졸혼을 하고 혼자서 지내는 형편인데, 행여 간편하다는 이점에 매몰되어 그렇게 확보된 남은 시간 동안 기계문명의 부품처럼 인간성을 상실해 가는 그런 삶을 살아가고 싶지 않아서 말입니다.

어떠세요? 혹시 시간이 된다면 한번 해보면 좋겠다는 생각이 들지 않으세요?

싸구려 수건과 결별하기

집에 수건들 있으시죠? 저만 그런지 모르겠지만 보통은 집에 있는 수건 들이 좀 싸구려 느낌이 나지 않나요? 여기저기서 공짜로 받는 경우가 많 아서가 아닐까 해요. 그래서 어쩌다가 고급호텔에서 숙박하게 되면 비치 된 수건들이 탐나는 경우도 많은 것 같아요.

정체 모를 단체 이름이 새겨진 수건들 쟁여놓고 그럭저럭 지내던 제가 최근 조금 색다른 체험을 할 기회가 있었는데요, 지인이 제가 혼자 산다 는 말을 들으시고 마침 본인 회사에서 VIP 사은품으로 쓰고 남은 수건 세트를 챙겨 주셨어요. 고급 원단으로 정성스럽게 만든 수건이라 선뜻 쓰 지도 못하고 아끼고 아끼다가 다른 수건이 떨어져서 사용하게 되었어요.

그런데 말이에요. 얼굴에 묻은 물기를 닦아내는데 그 부드럽고 보송보

송한 감촉이 너무 좋아서 하마터면 수건을 떨어뜨릴 뻔했지 뭡니까. 예전에 고급 호텔에 비치된 고급 수건을 써보긴 했지만, 이번에는 그보다 훨씬 더 고급스럽고 부드러운 느낌이었어요. 예상하지도 못한 수건 하나에 감탄하다가 문득 제가 도대체 그동안 뭘 하고 살고 있었나 하는 생각이 들더군요.

그깟 수건이 얼마나 비싸다고 이렇게 좋은 걸 모르고 살아왔나 하는 생각이 들더라고요. 절약이 미덕이고 갑자기 닥치게 될 경제적인 어려움에 직면하지 않도록 미리미리 대비하는 게 나쁜 건 아니지만, 그래도 어느 사이엔가 싸구려 물건들로 채워지는 내 인생마저 싸구려처럼 느껴지는 그런 기분이었다고 해야 할까요. 갑자기 무라카미 하루키가 말했던 '소확행'이라는 말도 떠오르더군요. 저는 그 말을 참 좋아합니다.

제가 젊은 시절을 보낼 때 당시 시대가 요구하는 화두는 '성공'이었어요. 그래서 저는 손에 잡히지도 않는 미래의 거대하고, 어마어마하고, 굉장한 '성공'을 위해 지금 여기 내 앞의 작지만 소중한 '행복'을 놓치고 살았던 게 아닐까 해요. 흥청망청 낭비하며 자신을 파괴하는 것도 나쁘지만, 지나치게 아끼고 절약하며 자신에게 소홀한 것 역시 좋은 일은 아닌 것 같아요. 어쩌면 태어나서 처음으로 느껴본 수건 한 장의 감촉이 오랜 시간 낮은 곳에 처박혀 있던 제 자존감을 깨운 건 아니었을까 그런 생각을 합니다.

오래 전 TV에서 본 장면인데, 사회자가 어느 유명한 가수에게 본인이 성공했다는 걸 언제 느꼈냐고 물었어요. 그 가수는 샤워할 때 세면대에 놓인 비누를 가져다가 그걸로 머리도 감고 몸도 씻곤 했는데 어느 날 샤워장에도 비누를 하나 더 놓으면 번거롭게 왔다 갔다 하지 않아도 되겠구나 하는 생각이 들었답니다. 그래서 그렇게 샤워 대에 비누 한 장을 더 놓았는데 그 이전에는 결코 느껴보지 못했던 만족감이 느껴져서 자기가 이제 드디어 성공한 삶을 살아가겠구나 하는 예감이 들었다고 대답했습니다. 성공이란 게 겨우 비누 한 장 더 놓을 수 있는 마음의 여유를 갖는 일인데 자기는 50년도 넘는 시간을 보내고 나서야 비로소 알았다며 그 가수가 껄껄 웃었던 기억이 납니다.

우리는 어쩌면 마음의 여유가 없어지면서 점점 공허해지고 그렇게 공허한 마음이 커질수록 성공에 대한 보상심리를 크게 만들어서 기대하며 지내는 건 아닐까요? 저는 매일 아침 싸구려 수건으로 얼굴을 닦으면서 다짐하곤 했습니다. 세상에 나가서 열심히 사람을 만나고 맡겨진 일을 해내고 허튼 데에다 돈을 쓰지 않으면 언젠가는 성공하는 날이 올 거야 하고 말이죠.

성공하게 되면 그동안 미루고 아껴뒀던 것들을 마음 편하게 사고, 쓰고, 누리면서 살고 싶다고 생각하며 살았습니다. 하지만 그렇게 너무 먼 미래에 걸어 놓은 기대감이 현실에서 이루기에 멀게만 느껴지면서 점점 자신감이 사라지고 더 나아가 자기 자신에 대한 자존감도 덩달아 싸구려 수건처럼 한쪽 구석으로 구겨져 처박히는 건 아니었을까, 그런 생각이 들어요.

  저는 그 날 이후 백화점에 나가서 고급 수건을 몇 장 사서 요즘은 행복
하게 쓰고 있습니다. 보들보들한 수건으로 얼굴을 닦아내고 또한 좋은
감각을 일깨워서, 움츠러드는 마음을 털어내고 말려가며 살아가고 있습
니다.

청소를 하다가

세상에 청소 좋아하는 사람이 있을까요? 저 같은 사람을 위해서 인공지능이 알아서 척척 구석구석 더러운 곳을 찾아 집 안을 깨끗하게 만들어 준다는 청소기 광고가 나오기에 큰맘 먹고 충동구매를 했죠. 하지만 누가 알았겠어요? 기계라는 건 버튼을 눌러야 작동이 되는 건데 그것마저 귀찮아하는 저 같은 인간에게는 최첨단 청소기도 소용이 없다는 것을 말이죠.

그래서 혼자 지내는 제 방은 늘 지저분한 편인데, 더러운 방에 누워서 곰곰이 생각해 봅니다. 어릴 때는 어머니가, 결혼한 이후에는 아내가 방을 청소해 주는 데 익숙해져서 이렇게 된 건 아닐까, 비겁한 책임 전가도 해 봅니다. 어떤 책에 보면 천재적인 성향의 사람들 주변이 지저분한 경우가 많다는데 혹시 나도 머리가 너무 좋아서 지저분하게 지내는 걸까, 뻔뻔한 자기 합리화도 해보고요.

제삼자가 볼 때 정신이 하나도 없고 귀신이라도 튀어나올 것 같은 그런 환경에서도 정작 방주인은 여기저기 처박혀 있는 물건들 잘 찾아 쓰면서 불편함 없이 잘 지냅니다. 무사태평도 이쯤 되면 할 말이 없어지는 거죠.

그렇게 놀랍고 뻔뻔한 자기 합리화의 정신으로 그냥저냥 지내다가 갑자기 예외가 발생할 때가 생깁니다. 바로 몸이 심하게 아플 때. 주로 한겨울 막바지에 지독한 몸살이 찾아오는데, 몸은 뼛속까지 쑤시며 아프고 기침은 밤낮으로 나와서 나중에는 허리까지 끊어질 판이에요. 짧게는 2주에서 심하면 한 달 내내 앓고 나서 정신을 차리고 방안을 둘러보면 전쟁이 휩쓸고 지나간 듯 폐허가 따로 없습니다. 몸이 건강할 때는 상관이 없었던 집 안 상태가 몸이 아플 때는 멘탈을 붕괴시키기도 해요.

'이게 돼지우리인지 사람 사는 곳인지…. 도대체 나란 인간은….'

몸은 나아졌지만, 자책감이 들면서 생활해 나갈 의욕은 회복하지 못하게 되네요.

생각해보면 방이 어지러워지는 건 마음이 어지러워 벌어지는 현상이고, 어지러운 방을 보며 다시 마음이 어지러워지는 악순환에 빠진 건 아닌가 합니다. 환경이 지저분할수록 마음마저 어지러워지면 안 된다고 생각해요. 그럴 때일수록 정신을 차리고 자기 자신을 다독거리며 추스르고 살아야 하는 게 필요하지 않을까요?

언젠가 몹시 앓고 일어나서 씩씩하게 방을 깨끗이 치우고 글을 하나 써본 적이 있는데 그걸 들려드리며 마치고 싶네요. 혹시 저처럼 혼자서 자책하는 분들이 계신다면 작은 위로가 되길 바랍니다.

마음의 청소

어제가 아팠다면 상처,
오늘까지 막혔다면 좌절.

내일도 달라지는 건 없을 거야
그런 생각이 든다면 그건 절망.

중요한 건 현재야.
과거에서 벗어나지 못하는 것보다 더 가슴 아픈 건
미래가 보이지 않아 의욕이 꺾이고 체념을 하는 일.

강해져야 해.
하루가 힘이 들면
그 하루의 끝에 매달려
배우면 되는 거야.

오늘은 결국 내일이 되면 어제가 되는 법.
오늘 깨우치는 게 아무것도 없이 지나면

내일 절망의 늪으로 빠지는 건 시간문제야.

내 마음의 방을
날마다 쓸어내고 닦아내며

살아내자,
보란 듯이 살아가자.

흔들려도 꺾이지는 말고
아찔해도 넘어지지 말고.

고기가 진리였는데

고기를 싫어하는 사람이 있을까요? 그런데 어쩌다 보니 제가 그렇게 됐네요.

이런 날이 오게 될 줄은 꿈에도 몰랐어요. 싫어한다기보다는 멀리하게 되었다고나 할까요. 나이가 들면서 이제는 소화가 잘 안 되기 때문입니다. 갈비며 등심이며 삼겹살에 치킨 등 없어서 못 먹을 판이었는데 이제는 예전 같지 않아요.

고기가 어디 그냥 고기입니까? 고기는 단지 귀하고 맛있다는 말로는 설명이 부족합니다. 고급 한정식이나, 일식집 생선회 같은 다른 비싼 요리들하고는 차원이 다른 것 같아요. 앞이 막막한 젊은 시절에 먹었던 고기는 지쳐있는 삶에서 활력이자 에너지이자 다시 힘을 내서 앞으로 나가게 만드는 원동력이었습니다.

요즘도 젊은 후배들에게 한턱 내겠노라며 고깃집으로 데리고 가면 대환영을 받습니다. 고대 원시사회로부터 축제와 제사에 고기가 술과 함께 빠지지 않았던 건 그 나름의 이유가 있을 테고, 저 나름대로 정의하자면 고기란 '청춘이라는 축제 기간의 촉매제'가 아닐까 해요.

그런 추억들이 불과 얼마 전까지는 일상이었는데 이제 위협을 받게 됐어요. 평생을 함께한 친구 같은 고기가 위장에 부담을 주고 있는 것이죠. 그렇다고 고기를 피하고 다른 음식들로만 채우기에는 뭔가 허전하고 아쉬운 날들이 지나가더라고요.

'이대로 떠나보내야 하나…' 그냥 인정하든 체념하든 상황을 받아들여야 하는데 생각처럼 그게 쉽지가 않네요. 맛있는 걸 못 먹어서 서럽고, 잘하던 소화도 못 하게 된다는 게 서글퍼집니다. 고기를 떠나보내는 안타까움이 아니라 찬란한 청춘과 작별하는 아쉬움 때문이겠죠.

고기만 그런 게 아닙니다. 샤워실에서 발견하는 한 움큼의 머리숱, 거울에 비치는 주름과 검버섯, 어스름 저녁 무렵처럼 스러져가는 노안 현상, 겨울마다 독감에 걸릴까 봐 점점 겁이 나는 마음, 멀쩡하던 이빨이 어느 날 부서져 버리는 아픔들이 나이가 들면서 맞이하는 일상의 풍경들이에요. 당연했던 것들이 소중해지고 익숙한 것들을 떠나보내야 한다는 현실을 순순히 받아들이기 어렵습니다.

젊어서는 미래에 대한 꿈과 희망과 의욕이 샘솟고 어려움을 잘 감당할 수 있었어요. 젊음이 지닌 특유의 에너지가 온몸에 흘러서 미숙하긴 해도 두려움 없이 앞으로 나갈 수 있었던 거죠. 하지만 어느 순간부터 새로운 변화가 두렵고 앞날에 대한 불안감이 밀려오면서 좌절과 포기에 익숙해지는 일이 많아진 게 사실입니다. 즐겨 먹던 고기가 언제부턴가 소화가 안 되는 것처럼 이제는 어려움이 소화가 안 되네요.

나이가 든다는 건 왕성하던 위장이 점점 위축되듯 마음도 움츠러든다는 뜻입니다. 이젠 변화에 순응하며 조용히 살아야 하나, 그런 생각이 들곤 합니다. 하지만 제 안의 깊은 곳에서 절대로 그렇게는 안 된다는 소리가 울려요. 이대로 물러서면 하염없는 내리막이다, 예전처럼 나이 육십에 세상 하직하는 것도 아닌데 좀 더 추슬러서 새롭게 시작해야 한다, 뭐 그런 외침들이죠.

해답이 전혀 없는 것만은 아니라고 생각해요. 젊어서는 고기를 허겁지겁 씹어 삼키기에 급급했다면 이제는 천천히 꼭꼭 씹어서 음미하며 먹으려고 합니다. 비싼 고기냐 싼 고기냐를 따지기보다 잘 씹어서 소화하는 걸 중요하게 생각하며 지내자고 다짐하곤 해요. 젊어서 철이 없고 혈기만 왕성할 때는 위장에 음식을 털어 넣느라 놓치고 지나갔던 고기의 참맛을 이제 나이가 들어서는 다시 발견하면서 살아가자는 것이죠.

인생길에서도 닥쳐온 변화가 두려워 주저앉아 포기하기보다 천천히 가

보려고 합니다. 속도가 느려지면 가야 할 시간이 더 늘어나는 부담이 생기지만, 대신에 그전에는 못 보고 지나쳤던 것들을 새삼 다시 볼 수 있는 여유도 생기게 되니까요. 마치 차를 놔두고 대중교통을 이용해서 다니다 보면 시내 여기저기에서 새롭게 간판들이 보이고 사람들이 보이는 것처럼 말이에요.

　후회와 탄식과 불안이라는 나쁜 감상 대신에 감탄과 놀라움과 감사함을 채우고 살아간다면 나이가 든다는 것이 꼭 그렇게 비관적인 사태만은 아닐 거라고 생각해요. 그깟 고기가 소화 안 된다는 일이 뭐라고 이렇게 길게 얘기하게 됐는지 잘 모르겠지만, 그래도 고기가 어디 그냥 고기이겠습니까?

#1-5
새벽 빨래방에서

빨래방에 가 보셨나요? 저는 빨랫감들을 모았다가 2~3주에 한 번씩 가는데 주로 새벽에 갑니다. 붐비는 시간에는 대기하며 기다리는 시간이 아깝거든요. 어떤 날은 늦은 시간에도 사람들이 붐비는 날이 있는데 그분들을 보면서 도시는 쉽게 잠들지 않는구나 하는 생각도 해요. 하늘에서 멋진 자태를 뽐내며 빛나는 별은 아니어도 텅 빈 거리를 외롭게 밝히고 있는 가로등처럼 자기 자리에서 각자의 삶을 묵묵히 그리고 치열하게 살아가는 이름 모를 사람들이 곳곳에 참 많이 있다는 것을 느낍니다.

혼자되고 나서 처음에는 바지런히 빨래방에 드나들었는데 시간이 흐를수록 게을러지더군요. 쌓여가는 빨랫감들을 아침저녁으로 쳐다보면서 '가야 하는데, 가야 하는데…' 생각만 할 뿐 행동을 안 하는 심리는 도대체 뭘까요. 예전에 아내가 빨래를 쌓아놓은 걸 보면서 답답했는데 지금 제가 그러고 있네요.

그러던 어느 날, 작은 일이 하나 있었어요. 장마철이라 잔뜩 밀린 빨랫감을 들고 갔더니 그 새벽에 사람들로 북적이고 있더라고요. 눅눅한 계절에 사람들 심리가 다 비슷한가 보다 하고 대기하는데, 하필이면 그날따라 다섯 평 빨래방을 꽉 채우고 있던 사람들이 모두 중년 아재들이었습니다. 그게 뭐 대수냐고 하실지 모르겠지만, 심야의 아재들 행색이 이상하게 남루해 보였습니다. 그때 벼락같이 제 머릿속으로 한 가지 생각이 스치며 지나쳤어요. '아, 지금 누가 보면 나도 바로 저런 모습이겠구나….'

뮤지컬 〈맨 오브 라만차〉에 보면 의협심에 사로잡혀 의기양양하던 돈키호테가 '거울의 기사'와 마주쳐서 거울에 비친 자기의 초라한 진짜 모습을 보고 쓰러지는 장면이 나옵니다. 그때 제가 그런 심정이 아니었나 싶어요. 갑자기 목구멍으로 뜨거운 뭔가가 울컥 올라와서 얼른 밖으로 나갔어요. 급하게 담배를 꺼내 피우는데 갑자기 장마철 소나기가 마구 쏟아지고 있었습니다. 처마 밑에서 시커먼 하늘을 보며 연기가 퍼지는 걸 바라보는데 눈물도 좀 흘러 내렸습니다. 담배 연기가 독하고 매워서 그랬겠지요.

살다 보면, 자신의 처지가 구겨진 빨랫감처럼 느껴질 때가 있는 것 같아요. 내가 너무 초라하게 보이고 나를 둘러싼 주변의 환경이 누추하게 느껴지는 그런 날이 있잖아요.

그러다 문득 뮤지컬 〈빨래〉가 떠올랐습니다. 〈빨래〉는 서울의 변두리에서 하루하루 고단하게 살면서도 용기를 잃지 않는 사람들의 이야기인데요. '열심히 살아가려고 하니까 옷이 더러워지는 것이고, 살아있으니까 빨래를 하는 것'이라는 대사가 나오는데, 저에게 정말로 큰 힘과 위로가 되었던 기억이 나네요.

오늘도 힘들고 고된 하루를 마치고 또 씩씩하게 빨래를 하고 계실 여러분께 제가 제일 사랑하고 아끼는 바로 그 뮤지컬에 나오는 노래의 한 구절을 꼭 소개해 드리고 싶네요.

> "빨래가 바람에 제 몸을 맡기는 것처럼
> 인생도 바람에 맡기는 거야
> 시간이 흘러 흘러 빨래가 마르는 것처럼
> 슬픈 네 눈물도 마를 거야. 자, 힘을 내."
>
> — 뮤지컬 〈빨래〉, '슬플 땐 빨래를 해' 중에서

왼손으로 밥 먹기

앞에서 고기가 소화가 안 된다고 하면서 드렸던 말씀 기억나세요? 젊어서는 고기를 허겁지겁 씹어 삼키기에 급급했다면 이제는 천천히 꼭꼭 씹어서 음미하며 먹으려고 한다는 얘기 말이에요.

말이 쉽지, 식습관이란 게 아주 어릴 때부터 몸에 붙어서 굳어진 거라서 생각처럼 곧바로 바뀌지는 않더라고요. 처음 한두 번은 나름 천천히 속도를 줄여서 먹다가도 어느새 빠른 속도로 고기를 흡입하는 걸 발견하고는 실망에 빠지곤 했어요.

사실 고기뿐만이 아니라 모든 음식이 마찬가지더라고요. 생각해보면 학창시절 쉬는 시간에 도시락을 빛의 속도로 까먹고, 군대에서도 그 속도는 절대로 줄어들지 않았습니다. 사회생활 하면서 다른 사람들과 함께 식사하게 되면 밥 먹는 속도가 빨라서 먼저 식사를 끝내고 민망하게 기다리던 일도 많았어요.

'도대체 뭘 하고 살았기에 뭔가에 쫓기듯 식사도 마음 편히 못 하고 지냈던 걸까…'

천천히 먹어 보려고 노력을 안 해본 것은 아니에요. 병아리처럼 한 입 먹고 하늘 한 번 보고 한 입 먹고 스마트폰 한 번 들여다보고, 웬만하면 저보다 식사 속도가 늦은 친구들이나 후배들과 함께 먹으면서는 상대방 동작을 따라 속도를 조절해 보고, 옆에서 보면 참 우스운 일로 보이지만 나름 저 자신은 굉장히 심각하게 고민하고 노력을 했습니다.

하지만 그러면 뭐합니까? 의지를 따르기에는 몸에 밴 습관이 너무 오래여서 반항을 하는 것 같았습니다. 세상일이 정말 뜻대로 안 되는구나 그렇게 낙담하고 있는데 어느 날 문득 한 가지 생각이 떠올랐어요.

'왼손으로 한번 먹어 볼까?'

아무래도 서툰 동작이니까 혹시 천천히 음식을 먹는 데 도움이 되지 않을까 하는 마음에 속는 셈 치고 시도를 했습니다. 결과는 대만족이에요! 처음에는 익숙지 않으니까 덜덜 떨면서 숟가락, 젓가락질하면서 밥을 먹었는데 자연히 속도가 늦어질 수밖에 없었죠. 평소 식사시간보다 두어 배는 시간이 걸리니까 이제는 다른 사람들하고 속도가 비슷해졌습니다.

단순히 시간만 길어진 게 아니라 음식을 잘 씹지도 않고 털어 넣던 습관이 놀랍게 바뀌면서 그토록 원하던 일이 생겼어요. '천. 천. 히. 꼭. 꼭.' 먹게 된 것이죠. 그래서 요즘은 소화가 아주 잘 되고 뱃속도 많이 편안해졌습니다.

나이가 들면서 예전의 잘못된 습관들을 고치는 게 힘들고 어렵지만, 방법이 전혀 없는 건 아니구나 하는 생각이 들어요. 고치겠다는 의지만 있다면, 그리고 그 뜻을 포기하지 않고 지켜나가려는 마음으로 고민을 하다 보면, 인생은 그동안 보여주지 않았던 자신의 새로운 뒷모습을 볼 수 있게 하는 듯합니다.

나이가 들어서 도전하는 일이 점점 사라진다고 하지만 실은 정반대라고 생각합니다. 익숙한 것들과의 이별, 그리고 이전에는 미처 깨닫지 못했던 것들과 만남이야말로 나이 든 사람만이 누릴 수 있는 특권이 아니겠냐고 말씀드리고 싶네요. 혹시라도 저처럼 급하게 먹는 식습관 때문에 고생하시는 분들은 속는 셈 치고 한번 왼손으로 식사를 해보세요.

누가 알겠습니까? 만성 소화불량으로 더부룩하게 나와 있던 배가 쏙 들어간 채 거울 앞에 서게 될지도 말이죠. 어딘가에 보니까 나이가 들면서 양손을 사용하면 치매에도 도움이 된다고 하더라고요.

#1-7
고수부지의 하늘

나이가 들면 불청객처럼 불쑥 찾아오는 불안감에 대하여 아시나요? 어떤 것들은 소소하지만 또 어떤 것들은 심리적으로 휘청할 정도로 강력하기도 해요.

예를 들면, 전립선 계열에 무슨 문제가 생긴 건지 그 전보다 소변이 잦아지면서 비뇨기과에 가기도 하는데, 혹시 머지않아 '요실금'이라도 찾아오면 어떡하나 하는 불안감에 검색도 해보고 그쪽 광고도 눈에 들어오곤 합니다. 나이가 들어서 기저귀를 차야 할지도 모른다는 생각은 의외로 단순하지만 강력한 힘이 있어서 사람을 주눅 들게 해요.

나이 오십이 넘어서면서 치과 출입이 잦아지는데 단순 충치하고는 비교가 안 되는 임플란트 시술이 주요 치료입니다. 골밀도가 낮아지면서 너무 우습게 이빨이 상하는데, 한번은 밥을 먹다가 쇠젓가락을 잘못 깨물어서 앞니가 부서지는 바람에 어처구니가 없어서 한참을 깨진 이빨 들고 멍하게 앉아 있던 적도 있어요.

저보다 훨씬 더 늙어 버리신 부모님들의 응급실행도 잦아지고, 대학 다니는 아들 녀석 등록금 고지서 받으면 나중에 결혼할 때 든든하게 지원해 줄 수 있을까 걱정도 됩니다. 친구들이나 후배들 부고를 받으면 어쩌면 내일이라도 나한테 그런 일이 닥칠지 모르겠다는 생각도 듭니다.

그렇게 우울한 기분에 빠질 때면 집 앞 고수부지에 나갑니다. 그곳에 가면 일단 흐르는 강물을 좀 바라보다가 그다음으로 거기에 온 사람들을 구경하죠. 조깅을 하고, 자전거를 타고, 산책하는 사람들을 보다가 잔디밭에 텐트나 돗자리를 펴고 삼삼오오 가족끼리, 친구끼리, 연인끼리 즐거운 시간을 보내는 사람들도 봅니다. 정신없이 돌아가는 세상과는 상관없다는 듯이 무심하게 제 갈 길을 가는 강물이 주는 무언의 메시지도 좋고, 그 강물 속에서 활기차게 헤엄치는 물고기들만큼이나 열심히 즐겁게 살아가는 사람들의 모습도 좋아서 어느덧 우울하던 마음도 많이 좋아지곤 해요.

여유롭고 활기찬 풍경들이 다 좋지만, 사실 제가 가장 아끼는 건 바로 강변의 하늘이에요. 강변에는 고층빌딩이 없어서 하늘을 전체적으로 온전히 바라볼 수 있습니다. 그 하늘이 수줍어하지도 않고 맘껏 보란 듯 자신의 자태를 펼치는데, 비라도 온 뒤에 미세먼지 한 점 없는 하늘은 정말 환상이에요. 시시각각 변해가는 구름의 모습과 해 질 녘 노을이 만들어 내는 광경은 어느 인간도 그렇게 멋진 그림을 화폭에 담지 못할 지경이죠. 새벽에 동이 터오는 하늘은 또 어떻고요. 도시가 졸린 눈을 비비고 일어나는 모습에 가슴이 벅찰 때도 많습니다.

글자로는 그냥 '강변의 하늘' 한 마디지만, 막상 가서 보면 똑같은 모습이 단 한 번도 없는 게 바로 그 하늘이에요. 어느 시인이 말했던 것처럼 '자세히 보면 예쁘고, 오래 볼수록 사랑스러운' 하늘입니다. 제 인생의 황혼도 그렇게 아름답게 물들기를 기도하곤 해요. 매너리즘에 빠져서 뭘 해도 지겹고 권태로운 장마철 먹구름 같은 삶이 아니기를 간절히 바라곤 합니다. 나이가 들어서 뭔가 새롭게 시도하고 도전할 만큼 육체나 정신이 뒷받침해주지 못하더라도, 굳이 새로운 환경만을 찾아서 헤매는 것이 아니라 있는 그대로의 제 삶을 다시 한 번 천천히, 자세히, 오래 들여다보면서 지내고 싶다는 뜻이에요. 같은 듯 늘 새로워지려고 노력하는 모습으로 말이죠.

이렇게 강변의 하늘은 저에게 때때로 힘과 용기와 깨달음을 주곤 해요. 소변이 잦아지는 문제로 즐겨 마시던 커피를 줄여 보고, 새롭게 끼워 맞춘 치아는 더 세심하게 관리합니다. 예전에는 미련하게 목구멍으로 커피를 쏟아부었지만 이젠 천천히 음미하며 마시고, 전쟁처럼 폭식했던 식습관도

치아가 부서지면 안 되니까 찬찬히 조심스럽게 먹는 것으로 바뀌었습니다. 음식도 결국 다양한 얼굴을 가진 하늘이 키워서 그런지 몰라도 그렇게 천천히 조심스럽게 곱씹어서 먹을수록 예전에는 미처 느끼지 못했던 새로운 맛을 알게 돼요.

익숙했던 것들이 다시 새롭게 보이기 시작하는 일들이 많아지는 건 좋은 경험이에요. 그건 나이가 들면서 누릴 수 있는 특권이자, 하늘이 땅에 있는 인간들에게 공평하게 나눠주는 선물이 아닐까 해요.

초라하게 느껴질 때

살면서 초라하다고 느낄 때가 언제인가요? 예전에는 남들과 비교하면서 초라하다는 감정을 느꼈는데 점점 느낌이 달라지는 것 같아요.

예를 들면, 누군가 찍어준 단체 사진 속에서 어느 중년 사내의 모습인 나를 발견할 때 초라해지는 느낌이에요. 저 자신의 젊은 날들이 떠오르기 때문이죠. 시간이 참 무심하게 빠르구나 하면서 시간 앞에서 무력하게 작아지는 사실을 느낍니다.

아이들에게 좋은 것들로 채워주고 싶은데 지출할 수 있는 예산이 부족할 때 초라한 기분이 들어요. 다른 사람들과 경제적인 비교를 해서 작아지는 게 아니라 해주고 싶은 마음 앞에서 부족함을 느끼는 거죠. 사랑이란 게 끝을 알 수 없을 만큼 넓고 깊은데 그걸 채우기에는 가진 게 너무 부족하구나 하는 생각이 듭니다.

동창회나 경조사 자리에 가야 할지 말아야 할지 고민이 들 때면 초라하게 느껴집니다. 번듯한 명함 한 장, 자신 있게 내밀 수 있는 처지가 아니라서 슬그머니 망설이는 제 모습을 봅니다. 사람과 사람 사이의 관계가 서열의 문제가 아닐 텐데 세상에서 통용되는 힘의 논리 앞에서 점점 작아지는 못난 마음인 거죠.

젊었을 때는 초라한 기분이 들면 밤을 새워 술을 마시고 나서는 툭툭 털고 아무렇지 않다는 듯이 지냈어요. 시간이 내 편이니까, 다시 기회는 올 테니까, 그렇게 희망의 힘으로 앞으로 나갈 수 있었던 것 같아요. 하지만 나이가 들면 남아 있는 시간이 그리 많지 않기 때문에 자칫 비참하게 느껴지는 날이 많아집니다.

초라해서 쓸쓸하더라도 비참해지면서 망가지면 안 되는데 하는 위기감이 오고, 그래서 그걸 넘어설 방법을 고민하게 돼요. 외모와 돈과 지위 같은 외부 변수를 바꿀 능력이 안 된다면 멘탈을 강하게 해서 극복하는 수밖에는 없겠지요. 생각을 더 긍정적으로 하고 예전에는 미처 모르고 지나쳤던 부분을 깨달아서 통찰력을 가져야 한다고 다짐하곤 합니다.

제가 힘이 들고 의기소침해지는 날이면 노래방에서 꼭 부르는 노래가 있어요. '마시따 밴드'의 〈돌멩이〉라는 곡인데 부르면 부를수록 마음 깊은 곳에 숨어 있던 용기를 불러일으키는 멋진 곡입니다.

어느 날인가, 그날은 혼코노(혼자서 코인노래방)에서 시간을 보내는데, 그때 호주머니에서 동전을 꺼내다가 문득 들었던 생각이 있어서 시를 써 봤어요. 정신없이 돌아가는 이 도시의 어느 한 편에서 웅크리고 계신 분들이 있다면 절대 기죽지 말고 힘내서 지내시기를 바라는 마음을 담아서 소개해 봅니다.

잔돈

그대 인생은 잔돈푼이 아니다.
고액권 아닌 삶이 어디 있을까.

그저 무엇인가를 추구하다가
사람들 눈길 닿지 않는 귀퉁이 한 켠에서
잠시 가쁜 숨을 고르며 쉬고 있을 뿐이다.

마치 어느 시인의 호주머니 속
몇 개의 동전들처럼.

그리하여 당신은
차가운 거리 노숙자의 자판기 커피 같은 안식처럼,
늦은 새벽 세상을 정화하는 빨래방 세탁기처럼,
귀여운 아이들 인형 뽑기 코인의 설렘처럼,

그렇게 아주 쓸모가 없지는 않을지도
모르는 일이다.

#1-9
라면 끓이기

라면을 싫어하는 분들도 계실까요?

우리나라에서 최초로 라면을 개발하신 분께서 온 국민이 배고프지 않았으면 좋겠다는 취지로 만드셨다는 거창한 내용은 뒤로하더라도, 간편하고 맛있고 가격까지 저렴한 먹거리입니다. 모두의 사랑을 받는 라면이다 보니 그와 관련한 사연 하나쯤은 누구나 가지고 계실 거예요.

학창시절, 시험공부 하며 늦은 밤까지 공부할 때 어머니가 끓여주신 라면이 있고, 군대에서 눈치 보며 동료들과 나눠 먹던 라면이 있고, 영화 〈우아한 세계〉에서 외국에 나간 가족들이 보내준 비디오를 틀어놓고 울컥하며 먹던 송강호의 라면도 있고, 뮤직비디오에서 〈총 맞은 것처럼〉 가슴을 쓸어 안고 서럽게 울며 씹어 삼키던 백지영의 라면도 있죠.

그런데 혹시 그거 아시나요?

라면을 두 개 이상 끓이려고 하면 마음대로 되지 않아서 속상하더라고요. 저는 이상하게 매번 물의 양을 일정하게 잡지 못해서 실패하는 경우가 많았어요. 대충 눈대중으로 어림잡다 보니까 결과물이 들쑥날쑥해서 늘 일희일비 합니다. 사람이 무슨 거창한 일로 상심하는 경우보다 작은 일에서 꼬이면 더 신경이 쓰이고 자신감이 떨어지는 것 같아요.

누구한테 얘기도 못 하고 지내던 어느 날, SNS에서 눈에 확 띄는 내용이 올라왔더라고요. 라면 하나를 끓이는데 필요한 물의 양은 550ml이지만, 두 개일 때는 1,100ml가 아니라 880ml가 맞다고 하더군요. 누군가 3, 4, 5개의 경우에 따라 그에 맞는 물의 양을 표로 만들어 놓은 것도 발견했습니다. 끓이는 동안 물의 증발량과 면발이 흡수하는 물의 양 등을 고려해야 한다는 나름 그럴듯한 주장의 근거도 나와 있었는데, 과학적으로 맞고 틀리고를 떠나서 저는 그런 분들의 실험정신에 내심 감탄했어요. 사실, 조금 부끄럽기까지 했습니다.

돌이켜 보면 살아오면서 문제의식을 많이 못 느끼고 살아온 것 같아요. 손톱 밑에 가시가 박히면 즉각적으로 대처를 하지만, 작은 일들에서 불편을 느껴도 그저 안일하게 뭉개며 대충 살아온 건 아닐까, 하는 생각이 들었습니다. 어릴 때부터 학교에서든 집에서든 체제에 순응하는 인간을 양산하는 교육시스템에 오랜 시간을 길들여졌기 때문이 아닐까 해요. 문제

의식이 없이 살았다는 문제의식을 실감하고 그런 점들을 고치며 살아가려고 노력하며 지냅니다.

요즘은 가족들을 위해 여러 개의 라면을 끓이면서 불안하거나 짜증이 나지 않아서 좋습니다. 이렇게 작은 시도로도 마음에 큰 변화가 일어나는 걸 실감하면서, 막상 해보니 별것도 아닌 일이었는데 진즉에 알았다면 참 좋았을 거란 생각이 들었어요. 앞으로는 그동안 속으로 고민만 하면서 실제로는 해보지 못했던 도전을 하면서 살아도 좋지 않을까 하는 생각도 해봅니다. 예를 들면, 불룩 튀어나온 배를 가려준다는 보정속옷을 착용해 보는 일 같은 것들 말이죠.

남성용 보정속옷 착용기

나이가 들면 뱃살이 나옵니다. 그냥 빵빵하게 나오는 게 아니라 밑으로 처지기도 합니다. 젊어서부터 원래 배가 나왔던 저 같은 사람은 그러려니 하고 지내다가도 문득 위기감이 들면 헬스클럽에 등록해서 며칠 운동을 하다가 포기하는 경우가 다반사예요. 배가 나온 것도 서러운데 게으르기까지 해서 장기불황 같은 뱃살 인생이 이어집니다.

바로 저 같은 사람을 자본주의 시장경제는 좋아합니다. 뭔가 해결책이 될 만한 상품을 만들어서 광고하면 망설임 없이 구매하기 때문이죠. 어느 날 페이스북에 광고가 하나 떴습니다. 남성용 보정 속옷이었는데 3분 정도 동영상이 나오는 걸 뭐에 홀린 듯이 봤습니다.

망설임 없이 주문을 하고 결제를 하고 상품을 받았습니다. 동영상에서 봤던 것처럼 드라마틱하게 변형되지는 않았지만, 그 위에 셔츠를 입어보니 제법 태가 살아나고 나름 슬림핏이 장착되며 스타일이 좋아지는 것 같았어요. 일반 내의보다 비쌌지만, 돈이 아깝지 않은 생각이 들었습니다. 여름 내내 한 철을 입고 다니며 매우 자신감 있게 사람들을 만나고 다녔습니다. 속 모르는 사람들이 몸매가 보기 좋아졌다고 추켜세우는 것도 좋았지만, 다른 사람들의 시선과는 무관하게 스스로 느낄 수 있는 자신감과 당당한 기분이 더 좋았습니다.

보정 속옷의 재질은 특수재질이더라고요. 튀어나온 뱃살을 안으로 구겨 넣어서 형태를 유지하려면 초강력 신축성 재질이 필수적이었을 거예요. 처음에는 착용감이나 감촉도 좋아서 불편함이 없었는데 보정속옷만 믿고 마음껏 먹다 보니 압박감이 점점 강해지면서 조여 오는 느낌이 심해졌습니다. 겉으로 보이는 형태가 점점 울룩불룩하게 변하는 것도 문제였지만, 더 큰 불편함은 피가 잘 통하지 않으면서 나중에는 몸이 가렵고 피부에 트러블이 생겼어요.

'세상에 쉬운 일은 하나도 없구나.'

고액 과외선생님이 공부하기 싫어하는 아이의 성적과 미래를 보장해주지 못하는 것처럼 보정 속옷이 만능은 아니라는 걸 알았습니다. 그래서 지금은 보정 속옷을 항상 입지는 못하고 중요한 미팅에서 사람들을 만날 때만 입고 다니지만 그래도 얻은 게 아무것도 없지는 않은 것 같아요. 제가 경험한 '보정'이라는 건 결국 '압박'한다는 의미인데, 강제로 억압해서는 근본적인 해결이 되지 않는다는 걸 깨닫게 되었다는 말입니다.

즉각적으로 떠오르는 것은 여성들이었어요. 광고면을 장식하는 수많은 브래지어와 허리 복대와 고탄력 팬티스타킹 등으로 주변의 시선으로부터 자유롭지 못한 생활을 하고 있는 건 아닌가 하는 생각이 들었어요. 물론 제가 직접 착용해 보니까 누구를 의식하지 않고 스스로에 대한 자신감과 당당함이 따라온다는 걸 분명히 느꼈지만, 그런 감정을 얻기 위해 지불해야 하는 희생이 너무 크다는 것도 또한 느꼈습니다.

그래서 무엇보다도 '의식의 압박'에 대한 생각을 하게 되었어요. 혹시 제 머릿속에서 저도 모르게 고정관념과 선입관과 편견 등으로 자유롭고 유연해야 할 정신을 얽어매고 있는 건 아닌지 돌아보게 되었습니다. 나이가 들면서 뱃살은 연두부처럼 부드러워지지만, 머릿속 사고를 담당하는 뇌의 영역은 단단한 벽돌처럼 굳어가는 경우가 많은 것 같아요. 자연스러운 현상인 육체의 노화보다 정신적인 퇴화야말로 요즘 시대에 가장 경계해야 하는 병리현상이 아닐까요. 우리는 그런 증후군을 앓고 있는 사람들에게 한번 들으면 절대로 잊지 못할 명칭을 붙여주었습니다. 다름 아닌 '꼰대' 말입니다.

1-11
꼰대로 사느니

　자신의 주장을 남에게 강요하며 민폐를 유발하는 중년 남성들을 지칭하는 표현으로 '개저씨'라는 말과 '꼰대'라는 말이 유행하고 있습니다. 요즘 저를 포함한 제 주변의 나이든 아저씨들은 자신이 그렇게 불릴까 봐 어느 정도 노이로제에 시달리고 있다고 봅니다. 자칫 시대의 흐름에 적응하지 못하고 뒤처져서 가족이나 주변 사람들에게 민폐를 끼치는 존재가 될까 봐 두려워하는 거죠.

　저 역시 조심하며 지내지만, 불쑥불쑥 내 안 어디선가 괴물 한 마리가 튀어나오는 듯한 아찔한 순간들을 경험하곤 합니다. 그럴 때는 정말 우울하고 겁이 나기도 해요. 젊은 사람들로부터 유리되기 싫어서, 나름대로 어떻게든 열심히 살려고 발버둥 칩니다. 책도 부지런히 읽고, 젊은 사람들과 어울리는 자리도 만들고, SNS도 뒤처지지 않을 만큼 신경 써서 활동도 해보고…. 하지만 점점 시대의 흐름에 뒤처지며 언젠가는 젊은 세대들에게 사회적 주도권을 넘겨줘야 한다는 사실을 알고 있습니다. 단지 그날이 조금이라도 늦게 찾아오기를 바라며 〈노오~오~오~력〉을 해야겠지요.

젊어서 빠릿빠릿하게 일을 할 때 저에게 영감을 주던 시 한 편이 있어서 늘 곁에 두고 암송하며 살았어요. 사무엘 울만이란 시인이 쓴 〈청춘〉이란 시인데 인터넷에서 워낙 유명한 글이라서 여러분들도 아마 한 번쯤은 보셨을지도 모르겠네요. 그 시에 나온 대로 '나이를 먹어서 늙는 것이 아니라 이상을 잃어버릴 때 비로소 늙는' 일을 막기 위해 평생 각성하며 살고 싶습니다. 아울러 청춘의 정신을 지양하며 살아가는 것 못지않게 꼰대의 마음으로 전락하지 않도록 경계를 늦추지 않겠다는 다짐을 하며 살아가려고 합니다.

그런 염원을 담아 최근 저의 '최애시'인 〈청춘〉을 역설적으로 패러디한 시, '꼰대'를 여러분께 들려드리고 싶네요. 그리고 저는 요즘 제가 패러디한 시를 틈나는 대로 읽어 보면서 점점 사그라지는 청춘의 정신을 되살려 새로운 영역에 도전하는 삶을 꾸리며 지내고 있다는 말씀도 함께 전합니다.

꼰대

꼰대란 인생의 어느 기간을 말하는 것이 아니라
마음의 상태를 말한다.

그것은 벗겨진 머리, 아재 같은 말투,
튀어나온 아랫배가 아니라
꽉 막힌 사고, 쓸데없는 참견, 유아적 허세를 말한다.

꼰대란 오로지 자기만 옳다고 믿는 강퍅한 정신,
남의 말을 무시하는 독선적 태도,
노력을 하지 않고 안주하는 허약함을 의미한다.

때로는 육십 세 노인보다 이십 대 청년에게도 꼰대가 있다.
젊다는 이유만으로 청년이 되는 것은 아니다.
〈이상〉을 간직하고 있을 때 비로소 젊다고 하는 것이다.

당신은 스스로 나름대로 최선을 다했다고 자위하지만,
마음 한구석에 단단한 편견이 자리 잡고 있다는 것을
스스로 느낄 수 있다.

맹목, 집착, 의심 때문에 주변에 사람들이 떨어져 나가고
통장 잔고에 목을 매는 삶을 살아가는 것이다.

육십 세이든 십육 세이든 모든 사람의 가슴속에는
진실을 외면하는 마음,
노인네와 같이 다른 사람에게 대접받으려는 마음,
다른 사람에게 자신의 생각을 강요하고 싶은 욕망이 있다.

그대와 나의 가슴속에는
남들에게 민폐를 끼치는 무엇인가가 숨겨져 있다.
열패감, 교만, 나태, 비겁, 이만하면 됐다고 포기하는 정신!
이 모든 것을 가지고 있는 한
언제까지나 우리는 꼰대란 비난을 받을 것이다.

머리를 드높여 희망이란 파도를 탈 수 있고,
날마다 자신과의 싸움에서 물러서지 않는 사람은
비록 나이가 팔십이라도 젊은이와 다름없다.

그러나 자신이 만든 울타리에 갇혀 신음하는 한,
그대는 이십 세 일지라도 영원히 꼰대로 남을 것이다.

새로운 도전_여행

여행을 싫어하는 사람도 있을까요? 무료하고 따분한 일상에서 벗어나려는 욕구는 자연스러운 일이겠죠. 새로운 환경에서 자신을 새롭게 바라보고 지친 몸과 마음을 달래서 재충전을 하는 여행이야말로 피로로 인해 딱딱해지는 정신을 부드럽게 만들어 주는 훌륭한 방법이 아닐까 해요.

저도 여행을 무척 좋아합니다. 이 책의 원고를 쓰기 위해서 전국 여기저기를 다니며 마음에 드는 곳을 찾아다녔죠. 6개월이 넘는 기간 동안 동해안의 청량한 바람과 남해안의 청명한 하늘과 바다, 그리고 서해안의 황금빛 낙조를 바라보며 이 책의 초고를 완성하고 퇴고를 마쳤습니다.

여행하면 제일 먼저 떠오르는 말이 '새로운 곳을 찾아서', '미지의 세계'

같은 문구겠지요. 맞아요. 저도 젊었을 때는 늘 이전에 가보지 않은 곳을 찾아서 떠나곤 했어요. 매너리즘에 빠져 있는 나에게 새로운 환경을 제공해서 리프레시re-fresh하고 싶었어요. 하지만 그런 여행들의 단점도 만만치 않았던 것 같아요. 소모적인 소비를 하게 되거나, 다시 일상으로 돌아와서는 오히려 현실을 받아들이지 못하고 도피하려는 부작용 같은 게 느껴지더라고요. 좋은 선순환으로 이어지지 못했던 거죠.

그러다 어느 순간부터인가 같은 곳을 자주 가는 저를 발견하곤 합니다. 나이가 들면서 호기심이 줄어들었기 때문일까요? 아니면 새로운 시도에 따른 위험을 더는 감수하기 싫다는 방어 본능이 작동해서일까요?

그런 면도 있지만, 더 중요한 이유는 여행지를 새롭게 보는 눈이 저한테 생겨서인 것 같아요. 예전에 찾았던 곳에서 새로운 모습을 발견하게 된 것입니다. 심지어 일주일 단위로 다시 찾아도 그런 경우가 있어요. 물론 대충 겉으로만 보면 미세한 차이를 발견하기 힘들지만, 자세히 들여다보면 분명히 달라진 모습이 보입니다.

정확히 말하자면 눈이 아니라 의식일 겁니다. 사물의 다른 면을 발견해 내는 '새롭게 바라보기'는 꼰대 증후군을 방지하고 제 주변 사람들과의 관계에서 긍정적인 효과를 발휘하는 것 같습니다. 단골식당의 음식 맛은 시간이 흘러도 변하지 않아야 미덕이겠지만, 여행지의 풍경은 늘 새로워야 맛이기에 그 미세한 변화를 발견해 내는 여행자의 눈이 중요하다고 생각해요. 한 번 본 영화도 두 번, 세 번 볼 때마다 감상이 새로워지고 더 깊어지는 것처럼, 앞서 방문했을 때 미처 발견하지 못했던 것들을 보면서 그 장소를 이해하고 사랑하는 마음이 깊어지더라고요.

여행지를 깊이 알아갈수록 그곳에 대한 마음이 깊어지는 것처럼, 인생도 그렇지 않나 합니다. 살아갈수록 새롭고도 깊은 맛이 나니까 말입니다. 우리 모두 그렇게 깊어지면 좋겠습니다. 오늘이 어제와 똑같고 내일도 오늘과 다를 바 없어 보이는 매너리즘에서 벗어나 자기 자신의 숨은 모습을 새롭게 발견하면서, 매일 잔소리와 지적질을 일삼는 우리 주변의 무례한 사람들을 넉넉하게 받아낼 힘과 여유를 가지시길 응원해 봅니다.

새로운 도전_독서

제가 글을 쓰는 작가가 되겠다고 결심한 건 지금부터 2년 전 여름이었어요. 그렇게 마음먹고 제일 먼저 한 일은 바로 책을 읽는 것이었습니다. 학교를 졸업한 이후 일 년 동안 읽은 책이 평균 두 권도 안됐으니 지금 생각하면 참 무모한 결정은 아니었나 하는 생각도 듭니다. 책을 손에서 놓지 않는 습관을 몸에 붙이는 데 시간이 걸렸지만, 학창 시절에는 책을 좋아했기에 지금은 일주일에 한 권씩은 무리를 해서라도 읽고 있습니다.

오랜만에 책을 다시 잡으며 이런저런 생각이 들었어요. 우리는 급변하는 시대의 흐름에 뒤처지지 않으려고 책을 찾게 됩니다. 새로운 지식과 이론과 주장들을 알아야 낙오하지 않는 삶을 살아갈 수 있다는 절박한 이유가 숨어 있는 것이죠. 어느 정도는 맞는 말이지만 잘 생각해 봐야 하는 부분이 있다고 생각해요. 책을 잘못 읽으면 오히려 '중증 꼰대' 반열로 진입할 수도 있다는 사실 말입니다.

논쟁할 때 가장 골치 아픈 사람은 '책을 한 권도 읽지 않은 사람이 아니라 달랑 책 한두 권 읽고 고집을 피우는 사람'이라는 말이 있는데, 이 말이야말로 그런 위험성을 가장 잘 설명해주는 말이 아닐까 해요. 부끄러운 이야기지만, 저는 대학 시절 읽었던 에리히 프롬의 〈사랑의 기술〉이란 책에 너무 오랜 시간 사로잡혀서 구식 연애 가치관으로 살다가 아주 폭망한 케이스랍니다. 제가 읽은 책이 문제가 있다는 말이 아니라, 연애를 한 권의 책의 내용으로 맹신하다가 망한 '웃픈 꼰대'의 사례라는 뜻이에요.

최근에는 비교적 다양한 분야의 책을 읽으며 교양도 쌓고 지식도 얻고는 있지만 읽으면 읽을수록 점점 더 어려워지더라고요. 달랑 한 권의 책을 읽고서 모든 것을 깨달은 것처럼 맹목적으로 고장 난 라디오처럼 떠들어대는 것도 문제지만, 반대로 무분별하게 닥치는 대로 이런저런 책을 섭렵하기만 하는 것도 역시 문제가 아닐까요? 매주 서점에 나가서 셀 수도 없이 많은 책이 꽂혀있는 책장들 사이를 걷다 보면 마치 망망대해를 표류하는 조각배처럼 느껴질 때가 한두 번이 아닙니다. 과연 어떻게 해야 표류하지 않고 목적지로 무사히 항해할 수 있는 걸까요?

근본적인 질문을 던져 봅니다.
'나는 왜 책을 읽는 것일까?'

언뜻 떠오르는 대답은 '뭔가 얻기 위해서'입니다. 책이 매력적인 이유는 그리 비싸지 않은 비용으로 가치를 매길 수 없는 무형의 지식이나 지혜를 얻을 수 있어서가 아닐까요. 하지만 집이나 자동차나 보석 같은 대상을 수집하듯 지식이나 지혜를 책에서 얻어 보겠다고 접근하는 태도는 결국 소유욕을 바탕으로 하고 있다고 봅니다. 만약에 우리가 그런 소유욕을 기반으로 책에 접근하게 된다면 자신이 책에서 '얻은' 내용들을 과시하고 싶지는 않을까요? 마치 자신의 부를 드러내고 싶어 하는 부자들처럼 말이죠. 저도 책으로 얻은 지식을 뽐내고 싶다는 생각이 불쑥불쑥 치밀어 오르는 걸 느끼곤 합니다.

그렇다면 진정으로 바람직한 책 읽기 자세는 무엇일까요? 캄캄한 밤바다에서 배들이 운항할 수 있는 건 등대가 있어서 가능하듯이 독서의 망망대해에서 표류하지 않기 위해서는 명확한 목표의식이 필요하다고 봅니다. 저의 목표는 '날마다 부정하기'입니다.

기존에 자신이 알고 있었던 내용을 논리적으로 부정하는 책을 찾아서 읽기.
미처 자신이 몰랐던 세상과 느끼지 못하고 지냈던 감정을 불러일으키는 책을 읽기.
그러니까 저의 '날마다 부정하기'란 기존의 생각을 좀 더 합리적으로 바꿔주고, 미처 몰랐던 세상과 감정을 알게 해주는 것입니다. 이게 말은 참 쉬워도 막상 부딪혀서 해보려고 하면 자꾸만 예전 관성으로 돌아가서 익숙한 책들만 주워 담곤 해서 힘이 빠질 때도 많더라고요. 그래도 의지를 가지고 제 의식의 지평이 뿌리를 깊게 내리고 그 위로 가지를 치며 넓어질 수 있도록 매일 노력하고 있습니다.

우리 몸의 세포들은 매일매일 죽고 또다시 그만큼의 세포들이 날마다 새롭게 생겨남으로써, 생명이 유지된다고 합니다. 참 재미있고 의미 있는 사실인 것 같아요. 매일 죽어야 다시 매일 살아난다는 몸의 이치가 말이죠. 제 자신도 그렇게 매일매일 조금씩이라도 자기 부정을 통해 새로워질 수 있다면 얼마나 좋을까 하며 지내는 요즘입니다.

새로운 도전_팟캐스트

혹시 어떤 취미활동을 하시나요?

저는 요즘 인터넷 방송, 팟캐스트를 기획하고 진행하며 지내고 있습니다. 나이 오십에 접어들면서 팟캐스트를 시작했는데 이게 재미가 아주 쏠쏠한 취미더라고요.

제가 팟캐스트에 관심을 갖게 된 계기는 2016년 가을에 시작된 광화문 촛불집회였습니다. 거의 매번 빠지지 않고 참여했던 집회의 촛불이 꺼지고 다시 일상으로 돌아왔는데, 그 이전처럼 정치에 무관심하게 지내기가 어렵더라고요. 새롭게 알게 된 팟캐스트 방송의 세계에서 정치는 물론이고 평소 관심이 있던 문화 관련 프로그램들을 들어보면서 그 다양한 내용과 자유로운 형식에 대한 관심이 생겼습니다. 때마침 지인이 임원으로 있는 회사에서 신규개발 사업 부문으로 팟캐스트 플랫폼을 개설한다고 하여 기꺼이 그 프로젝트에 참여해서 지금까지 방송 프로그램 제작에 참여하고 있습니다.

난생처음 팟캐스트 방송을 준비하고 진행하면서 좋은 점을 많이 느끼고 있습니다. 일단 사람을 부지런하게 만들어 줍니다. 새로운 지식이나 최근 트렌드를 늘 접하게 되니까 뭔지 모를 든든함이 생깁니다. 정신없이 돌아가는 세상의 흐름 속에서 그나마 뒤처지지 않고 발을 맞추고 있다는, 마치 배를 타고 바다를 지나면서 구명조끼 하나쯤은 걸치고 있는 그런 기분이에요. 예전에는 언론의 뉴스나 기사도 관심을 끄고 살았는데 이제라도 변화가 생겼으니 감사할 따름입니다.

다음으로는 사람을 대하는 자세가 많이 바뀌게 되었어요. 예전의 저는 조금 폐쇄적인 성격이어서 사람들과 대화나 회의를 할 때 소극적으로 할 말도 잘못하고 눈치를 많이 살피곤 했습니다. 그런데 방송에서 패널들과 함께 진행하면서 그런 부분이 점점 좋아지는 경험을 했습니다. 특히 인터뷰 방송을 진행하는 경우에는, 인터뷰 당사자들에게 질문을 많이 던져야 하는데 평소 대화를 하면서 질문하고는 거리가 멀었던 저의 지난 모습이 부끄럽기도 하더라고요. 어릴 적부터 부모님이나 선생님들의 말씀을 잘 듣고 순응하는 모범생으로 자랐기 때문에 일방적인 대화방식에 익숙했던 제게 질문을 던지는 일은 정말 큰 변화인 것 같아요.

운이 좋게도 최근에 어느 회사에서 유튜브를 한번 진행해 보면 어떻겠냐는 제안을 받아서 즐거운 고민을 하고 있습니다. 창작자들의 고민과 애환을 담은 이야기를 잘 풀어낼 수 있을지 걱정이 큰 게 사실입니다. 하지만 그런 스트레스가 제가 더 노력하고 발전하는 계기가 될 것이라고 믿습니다. 더 좋은 모습을 위하여 스스로 변화하는 게 어렵다면 새로운 환경에 자신을 맡겨 보는 것도 좋은 방법이 아닐까요.

#1-15
카페에서 글쓰기

　요즘은 주로 카페에서 시간을 많이 보내고 있어요. 여기저기 다니면서 글을 쓰다 보니 전국 각 지역마다 마음에 드는 곳들이 생기면서 그런 곳에서는 한 번 설정한 와이파이 비밀번호를 매번 새로 입력하지 않아도 될 지경이에요. 골방이나 도서관보다 카페가 좋은 이유는 아마 세상 속에서 글을 쓰고 있다는 느낌이 들어서가 아닐까 합니다.

　일반적으로 카페에서 글을 쓰거나 책을 읽는다고 하면 대개 멋진 장면을 연상하기 쉽습니다. 커피 향이 흐르고 은은한 조명에 음악도 감미로운데 거기에 앉아서 골똘하게 뭔가를 생각하는 사람들이 만들어 내는 우아한 모습. 곳곳에 낭만적인 곳이 많습니다. 바다가 내려다보이는 커피 전문점도 있고, 인테리어가 예뻐서 글은 안 쓰고 사진 찍어서 인스타그램에

올리는 경우도 종종 있고 그렇습니다.

하지만 막상 카페에 앉아서 작업을 하다 보면 실제로는 그렇게 여유가 넘치지 않아요. 제가 자주 가는 24시간 심야카페에는 젊은 친구들이 새벽에 노트북을 켜놓고 정신없이 리포트를 쓰고 파워포인트를 작성하고 관련 자료 더미를 쌓아놓은 채 전투를 치르고 있어요. 피곤한 기색에도 불구하고 집중해서 작업하는 사람들을 보면 저 역시 글을 쓰는데 게으름을 부려서는 안 되겠다는 생각이 들더라고요.

일단 카페에 자리를 잡고 앉으면 평균 6시간 이상 작업해서 최소한 A4 용지 2장 분량은 채우고 나오려고 하는데 아주 중노동입니다. 글쓰기가 버티기라는 사실을 미리 알았더라면 선뜻 작가가 되겠다는 결심을 하지 못했을지도 모르겠어요. 사실 젊었을 때 광고회사에 카피라이터로 들어가는 게 제 꿈이었을 정도로 평소에 글을 쓴다는 것에 관심과 애정을 가지고 있었지만, 직업으로써의 글쓰기는 완전히 다른 얘기더라고요. 마치 집에서 취미로 요리를 즐겨 하던 사람이 본격적으로 식당을 차린 것하고 비슷합니다.

최근에 한 번은 이런 일이 있었어요. 책의 어느 한 꼭지를 써야 하는데 3일 내내 진도가 나가지 않아서 빈 화면에 커서가 껌뻑거리는 걸 바라만 봐야 했습니다. 나중에는 컴퓨터 앞에 놓고 소리를 지르고 싶은 충동이 들었는데 어디로 도망치지 않고 그냥 자리를 지켰어요. 일종의 오기가 발동했던 모양인데 그러다가 어느 순간인가 생각이 풀리면서 자판을 두드리며 한 글자 한 글자 치는데 갑자기 눈물이 나왔습니다. 서럽기도 하고 뿌듯하기도 하고 뭐라 딱 잘라서 설명하기 어려운 감정이었어요.

너무 어렵고 힘들어서 몇 번이나 포기하고 싶었던 과정을 거치면서 자문해봤습니다.

'나는 왜 남들이 잠을 자고 있는 심야에 나와서 이 고생을 하는 걸까?'

아직은 정확한 이유를 모르겠지만, 다만 한 가지는 분명합니다. 이 길을 가면서 어떤 자세와 태도를 가져야 할지는 날이 갈수록 분명하게 느끼고 있습니다. '밥을 짓듯이 글을 짓자'라고 말입니다.

저는 '짓다'라는 표현이 좋습니다. 밥을 짓다, 옷을 짓다, 집을 짓다, 미소를 짓다, 라는 말 속에는 정성스럽고 세심하게 타인을 배려하는 마음이 담겨 있는 것 같아서요. 저 자신과 세상을 뜸을 들여 들여다보고, 거기서 발견하는 생각들을 씨줄과 날줄로 엮어 뭔가 쓸모있는 글들을 만들어 내고, 그렇게 만들어진 글들이 벽돌처럼 하나하나 쌓여 올라가서 누군가 편안히 쉴 수 있는 사색의 공간을 만들고 싶습니다.

요즘은 여유가 많이 생긴 것 같아요. 초조하게 생각하지 않고 기다리는 걸 몸으로 체득하게 된 것 같아서 행복합니다. 어찌 보면 병아리들이 물한 모금 마시고 고개를 들어 하늘을 봤다가 다시 한 모금 마시는 모습같기도 하고 또 어찌 보면 낚시꾼이 낚싯대 드리우고 찌를 바라보는 것하

고 비슷합니다. 작가들은 생각 한 모금 마시고 문장 한 조각 낚으며 지내
는 사람들입니다.

#1-16
슬럼프를 벗어나려면

　심근경색으로 삶과 죽음의 기로에서 다시 살아 돌아온 사건이 2년 반전의 일. 그 이후로 이제는 글을 쓰는 초보 예비 작가로 매일매일 살아가고 있습니다. 앞서 말한 대로 글을 쓰면서 기다리는 일은 참 막막하고 힘들 때가 많아요. "초고를 완성하는 건 마치 평지에서 마라톤을 완주한 느낌이라면, 퇴고를 하는 동안에는 물속에서 1,500미터 달리기를 하는 것 같다."라고 제 SNS에 적었을 정도니까요. 하지만 아무리 힘이 들어도 앞으로 죽는 날까지 제가 책을 읽고 글을 쓰는 일을 그만두지 못할 거라는 확신을 준 사건이 있어서 소개하려고 해요.

　병원에서 살아 돌아온 직후, 주변을 돌아보며 깊은 절망에 빠졌습니다. 당시 파킨슨병으로 인한 치매 증상을 보이시는 아버지 병간호를 하느라 온전히 생업을 이어갈 수도 없었고, 평범한 아이들보다 조금은 특별한 딸아이의 뒷바라지 하는 일도 만만치 않았고, 무엇보다도 오랜 시간 저 자신을 돌보지 못하고 지내면서 자존감이나 자신감이 실종되어서 삶에 대한 의욕이나 행복한 감정 같은 걸 느끼지 못했으니까요. 지금 기억으로는 당시에 저는 오직 한 가지 생각밖에는 없었던 것 같아요.

'이제 정말 어떻게 살아가야 하지?'

다행히 저에게는 멘토 형님 한 분이 계셨습니다. 정신적으로 어려울 때마다 찾아뵙고 조언을 구하곤 했던 분인데, 하도 답답하고 막막해서 이번에도 만나서 사정 얘기를 전했습니다. 제 이야기를 다 들으신 선배님이 불쑥 한마디 던지시더라고요.

"너 혹시 슬럼프를 어떻게 극복하는 줄 알고 있니?"
한 번도 생각해 보지 않았던 내용이라 선뜻 대답을 못 하니까 형님이 말을 이어 가셨습니다.

"대개 사람들은 슬럼프가 시작되었을 당시를 떠올리면서 '내가 왜 슬럼프에 빠졌지?'하고 고민하거든. 근데 잘못됐어. 훨씬 더 이전으로 거슬러 가야 해. 자신이 진정으로 행복했던 순간으로 말이야."

"알 것 같기도 하고 어렵기도 하네요. 일단 그렇다 치고 거기까지 가서 뭘 해야 하나요?"

"방금 말했잖아. 그때 네가 뭘 하고 있었는지 발견하라고. 자신을 행복하게 만들어 주는 일을 찾으면 그걸로 다시 시작해 보는 거야."

어렴풋이 감이 잡혔습니다. 슬럼프에 빠진 건 결국 자기 자신에 대한 확신이 부족해서 무너진 건데 행복을 원동력으로 삼아서 그곳으로부터 탈출하라는 말씀이셨어요. 그동안 이성적으로 원인을 파악하려고 애를 썼지만, 오히려 더 큰 좌절감과 열패감을 느꼈을 뿐입니다. 이거 때문에 안된 거구나, 저거 때문에 막혔던 거구나, 그렇게 퍼즐 조각이 맞춰질수록 제 모습이 점점 더 싫어지면서 행복과는 거리가 멀어졌다는 뜻입니다. 이성은 불행을 막아주는 브레이크가 될지는 몰라도 행복으로 이끌어 주는 가속페달이 되지는 못하는구나 하는 생각을 그때 처음으로 했던 기억이 납니다.

고민의 방향을 바꾸어 제가 진정으로 행복했던 순간이 언제였는지 추적하기 시작했습니다. 그렇게 기억의 테이프를 돌려 찾아낸 시점은 뜻밖에도 초등학교 4학년 무렵이었습니다. 그때 어린 저는 작은 제 방안에서 배를 깔고 누워 동화책 전집을 보고 있었어요. 그 시절에 저는 시간이 가는 줄도 모르고 책장을 넘기며 88일간의 세계일주도 했고, 둘리틀 선생과 더불어 동물들과 대화를 나눴고, 괴도 루팡을 따라 담을 넘어 모험을 즐기다가 자고 일어나면 삼총사를 만나 악당들도 물리치곤 했습니다.

기억이 되살아나면서 그 당시 느꼈던 행복한 느낌도 살아났는데 정말 다시 그때로 돌아가면 얼마나 좋을까 하는 아련한 감상도 피어올랐습니다.

'형님께서 말씀하셨던 게 바로 이런 것이었나 보다!'
해답을 찾은 것 같았습니다.

여기까지가 제가 작가로 살기로 결심한 결정적 계기가 된 사건입니다. 작가가 '기다리는 사람'이라면 찾아올 대상은 누구나 마찬가지로 행복이 아닐까 해요. 모든 것이 갖춰있어서 행복한 게 아니라 너무나 불행하고 힘이 든 상태에서도 자신의 내면에 숨어 있는 행복을 찾아 떠나는 여행을 하는 사람 말이죠. 그건 어쩌면 파울로 코엘료의 소설, 〈연금술사〉에서 주인공인 산티아고가 보물을 찾아 떠났다가 결국에는 자신이 처음 출발했던 낡은 교회 마당의 무화과나무로 돌아와서 마침내 자신이 원하던 소중한 것을 발견했던 여정과도 같은 일일 지도 모르겠습니다.

그래서 작가는 또한 '발견하는 사람'이 아닐까 합니다. 자신이 찾아낸 생각들과 언어들로 누군가에게 힘과 용기를 주어서 그 사람이 스스로 변할 수 있도록 돕는 조력자, 작가라는 이름. 이 책을 읽고 계신 독자들께서 재미있고 뜻깊은 여행을 하는 데 제가 도움이 되어 드릴 수 있기를 기도합니다.

생각보다 잘 지내는 중입니다.

두번째 이야기

저는 가끔 필통 안의 연필을 집어 들고 바라보며 이런저런 생각을 하곤 합니다. 나중에 아이가 훌륭하게 자라서 아빠의 품을 떠나게 되는 날이 오면 편지를 쓰고 싶어요. 조심스럽게 연필을 깎듯 우리가 함께 했던 시간들의 추억을 잘 다듬어서, 마침내 예쁜 모습으로 드러난 연필심 같은 마음으로 한 글자 한 글자 사랑을 담아 쓰고 싶습니다.

2-1
내 마음속의 연탄재

'열정'이라는 말처럼 매력적인 단어가 있을까요? 얼마나 가슴 설레나 하면 거꾸로 읽어도 '정열'이 될 정도니까요. 색으로 표현하자면 의심 없이 레드일 것이고 온도는 뜨겁고 나이로 보자면 젊음이 아닐까요? '주체할 수 없이 뜨겁게 달아오르는 젊은 피'가 떠오릅니다.

세기가 바뀌며 전 세계가 뜨겁게 달아오르던 서기 2,000년, 밀레니엄 시점에서 앞뒤로 3년, 총 6년 동안은 제 인생에서 다시 못 올 격랑의 시기였어요. 나이 서른에 잘 다니던 대기업을 나와서 디자인과 IT벤처 회사를 창업한 청년의 가슴 속에는 성공을 향한 뜨거운 마음이 넘쳤고, 하루 24시간이 모자랄 정도로 사업에 올인 했습니다. 그리고 열정을 넘어 '열혈'이라고 불릴 만큼 일에 미쳐서 지내다가 한 방에 망했습니다.

작은 불씨에 기름을 부어 타오르듯 급격하게 사세가 확장되었지만, 타는 불에 소방호스의 찬물이 쏟아지듯이 그렇게 허망하게 회사가 기울었어요. 살던 집을 급하게 처분해서 빚잔치를 하고 부모님의 도움으로 전세방 신세로 들어앉았는데 서른일곱 중년의 가슴 속에는 예전의 열정 대신에 까닭 모를 분노와 울화가 차올랐습니다. 억울함이었던 것 같아요. 밤에 소리를 치며 일어나서 물을 마시고 진정하려고 하면 가슴이 답답하고 뭔가 뜨겁고 무거운 돌덩이가 치밀어 오르는 걸 느꼈으니까요.

그러던 어느 날, 잠에서 깨어 눈을 떴을 때 온몸을 꼼짝하지 못했던 아침이 기억납니다. 몸이 굳어서 움직일 수가 없었어요. 몸의 뒤쪽 등 전체가 마비되면서 뭐가 잘못된 건지 목도 돌리지 못하는 상황이었습니다. 이러지도 못하고 저러지도 못하고 꼼짝없이 누워서 시간이 흐르고 온몸에서 식은땀이 나기 시작했습니다. 난생 처음 겪는 일이라 당황스럽고 겁이 덜컥 나더라고요.

급하게 병원을 찾았지만 특별한 병명을 찾지는 못했어요. 그러다가 우연히 '명상요가' 프로그램을 알게 되었습니다. 요가 동작을 통해 몸의 원기를 회복하고 명상을 통해 마음의 내면을 들여다보는 과정이었는데 다행히 저와 잘 맞는 것 같아서 일 년 반 정도 열심히 다녔습니다.

그러다가 중급과정 명상을 하던 어느 날, 아주 특별한 체험을 하게 되었어요.

그날은 다른 날과 달리 집중이 잘 되면서 좀 더 내면의 깊은 곳으로 들어가는 기분이었죠. 점점 더 깊은 바닷속으로 들어가는 것 같은 과정을 지나다가 어떤 존재감을 느꼈습니다. 가슴 안쪽 깊은 곳에서 주먹 크기만큼의 회백색 덩어리가 느껴졌어요. 물질인 것 같기도 하고 비 물질인 것 같기도 한 그 응어리는 다름 아닌 '나'라는 존재의 핵심적인 본질이라는 것을 직감적으로 알 수 있었습니다.

질감까지 전달되어 느낄 수 있었는데 타고 남은 연탄재처럼 푸석푸석하고 싸늘한 기운이었던 것이 아직도 생생하게 기억이 나네요. 갑자기 울음이 터졌어요. 기쁘거나 슬프거나 분노하거나 그런 감정의 기복으로 나오는 눈물이 아니라 나라는 존재와 처음 마주쳤을 때 경이롭기도 하고 측은하기도 하고 뭐라고 설명을 할 길 없는 마음이 들면서 하염없고 끝도 없는 차가운 눈물이 고장 난 수도꼭지에서 물이 흐르듯 계속 나왔습니다. 왜 하필 연탄재였을까요?

요즘에 '번아웃 증후군'이라는 말도 있고 '방전'됐다는 표현도 있더라고요. 이런 말들이 회자되는 건 바로 그런 상태로 고통을 받는 사람들이 많다는 뜻이겠죠. 지금 생각해보면 너무 무모하게 일에 매달렸다는 후회가 듭니다. '열정'이나 '정열'을 넘어서서 일종의 '광기' 같은 지경이 아니었나 하는 자책감 말이죠. 아주 솔직하게 고백하자면, 저를 그렇게까지 몰아붙인 근본적인 원인은 부모님으로부터 도망가거나 혹은 인정받고 싶어 하는 마음이었다는 점이에요. 어려서부터 부모님과의 관계가 편편치 못해서 늘 머릿속이, 가슴 한켠이 납덩이처럼 무거웠고, '가족'이라는 말은 제게 '늘 나를 옥죄고 얽매는 굴레' 같은 의미였어요.

명상요가를 통해 어느 정도 정상적인 몸을 회복하고 주변을 둘러보니 거기에 제 아내와 아이들이, 가족이 있었습니다. 꺼져버린 불꽃 같은 마음을 안고 어떤 애정이나 열정도 없이 그 가족들과 책임감만으로 버텨야 하는 그런 힘겨운 동거를 시작하게 되었어요. 사실 그 가족이야말로 부서져서 폐기되어야 하는 연탄재에게 다시 존재의 의미를 찾게 해주는 소중하고 고마운 대상이란 걸 꿈에도 생각하지 못한 채 말이죠.

2-2
아빠, 허무해

몸을 추스른 이후 몇 해 동안은 아이들을 잘 돌보지 못했어요. 조금 살만해지면서 뭔가 재기할 수 있는 사업 아이템을 찾아 기회를 잡아보려는 요량으로 밖으로 분주하게 다녔기 때문이었습니다. 그러는 사이 아이들이 자랐고 양육은 대부분 아내가 맡아서 지냈는데 일 년에 한두 번 가족여행을 가는 정도가 전부였죠.

그러다가 아들이 중학교 2학년 2학기가 시작되면서, 드디어 일이 터지고 말았습니다. 당시 아들이 다니던 중학교는 학교 교칙이 비교적 엄해서 학생들이 힘들어하는 분위기였는데요, 제 아들 녀석을 비롯한 몇 명이 반항을 했던 모양입니다. 수업시간에 무단으로 외출하거나 잠을 자는 등 차곡차곡 쌓이는 벌점에 분노 게이지가 상승하던 그 아이들이 급기야 사물함을 부수고 화장실에서 물을 뿌리며 소동을 일으키면서 학내 폭력 건으로 징계위원회에 회부가 되었던 거죠.

이쯤 되니 아내도 두 손을 들고 저한테 도움 요청을 해서 제가 학교로 갔습니다. 징계위원실로 들어가니 교감 선생님을 비롯한 여러 선생님들이 앉아 계셨고, 간략하게 위반 내용과 벌점 상황을 설명해 주셨습니다. 이어서 부모로서 아이를 대변해서 변호의 말을 하라고 기회를 주셨는데 사실 지금 그때 무슨 말을 했는지 정확히 기억나지 않아요. 마지막으로는 다음 주에 최종 결과가 발표될 거라는 통보를 받았습니다.

정신없는 시간이 지나고 나왔는데 아이가 교무실로 가야 한다고 했습니다. 학생주임께서 돌아가기 전에 꼭 잠시라도 들러 달라고 하셨다는 거예요. 안 좋은 일일까, 걱정스러워서 떨리는 마음으로 교무실 문을 여는데 학생주임께서 의외로 밝고 환한 얼굴로 저희 부자를 맞이하시며 한마디 당부를 하셨습니다. 〈세 얼간이〉라는 영화가 최근에 개봉했는데 자제분과 꼭 함께 보라는 말씀이셨어요. 고개를 숙이고 감사하다는 인사를 드리는데 배려해 주시는 마음에 눈물이 흘러서 서둘러 교무실을 나왔던 기억이 납니다.

징계위원회실로 들어가기 전 대기실에 있으면서 우리 아이에게 다른 아이들의 집안 사정을 들을 기회가 있었어요. 어떤 아이의 아버지는 서울 최고의 명문대학을 나와서 공기업 임원으로 있는데, 자기 자식이 중학교 들어가서 첫 중간고사 성적이 반에서 중간쯤 나온 이후 집에서 눈을 마주치지 않는다고 했습니다. 다른 아이의 아버지 역시 서울의 명문 대학교를 나와 사업을 하는데 아이가 초등학교 때부터 이런저런 이유로 가정에서 폭력을 행사하고 있다고 했고요. 다른 경우는 부모가 외국에서 학위를 받고 두 분 모두 의사였는데, 자식도 의사가 되기를 너무 강하게 원하고 있어서 아이가 부모 몰래 음악을 배우는 사실도 모르고 있다고 했습니다.

나중에 아이와 함께 영화 〈세 얼간이〉를 관람하니 거기서는 얼간이들이 실은 모순에 차 있는 세상에 맞서 어리석을 만큼 저항하는 멋진 청년들의 이야기였는데, 서울에서 부동산 가격으로 다섯 손가락 안에 꼽히는 저희 집 주변에는 진짜 얼간이 부모들이 많다는 걸 그때 알았어요. 물론 저도 그중에 한 명이었고요.

학교에서 나와 아이를 데리고 집 앞 상가에 있는 호프집으로 들어갔습니다. 생맥주 한 잔과 콜라 한 병을 사이에 두고 아들과 마주 앉았는데 어떤 할 말도 떠오르지 않는 거예요. 그냥 뭐랄까, 앞에 앉아 있는 아이가 낯설게 느껴지고 눈을 마주치기도 어렵고 한편으로는 측은하기도 하고, 여러모로 복잡한 심정이 들었습니다. 꿀 먹은 벙어리처럼 눈치를 보는 건 아들 녀석도 마찬가지였고요.

한참을 지나서 제가 어렵게 입을 열었습니다.

"기분이 어때? 아빠는 다음 주에 어떤 결과가 나와도 길이 또 있을 거라고 생각하는데….."

아들은 대답이 없었고 다시 어색한 침묵이 흘렀습니다. 아빠는 생맥주로 목구멍을 적시고 아들은 콜라를 마시지도 않고 바닥만 쳐다보다가 마침내 아이가 고개를 들고 입을 열어서 한마디를 했습니다.

"아빠, 나 허무해."

아이의 입에서 생각하지도 못했던 말이 나왔어요. '허무'라는 말이 멀리서 뭔가 폭발할 때 나는 소리처럼 크게 제 귓가를 때렸습니다. 아이가 다시 고개를 숙이는데 닭똥 같은 눈물이 뚝뚝 바닥으로 떨어지는 게 보였어요. 갑자기 숨이 턱 막히다가 식도에서 뭔가가 입으로 치고 올라오는 게 느껴졌습니다.

부모와 자식이라는 관계가 과연 뭘까요? 핏줄을 나누어서 DNA 검사를 하면 친자임이 확인되고, 가족증명서를 떼어보면 거기에 틀림없이 이름이 함께 올라와 있는 게 자식이고 가족임을 증명하는 길일까요? 저는 그때, 그동안 제가 아이의 진정한 아빠가 아닌 채 지냈다는 사실을 분명히 깨달았어요.

서로의 진심이 가슴에서 가슴으로 흐르지 못한다면 인간과 인간 사이에서 호칭이나 형식은 그저 죽어있는 껍데기에 불과합니다. 저는 지금도 문득문득 제 아이가 그때 마음을 먼저 열고 자신의 속내를 털어놓아 준 점을 늘 고맙게 생각해요. 〈알리바바와 40인의 도적〉에서 '열려라, 참깨!'라는 마법의 주문이 동굴 문을 열었듯이, '아빠, 허무해'라는 신뢰와 진심의 고백으로 못난 아빠의 굳은 마음의 빗장이 풀리며 그 안으로 사랑하는 제 아이가 들어왔고 바로 그 순간, 저는 비로소 '아빠'가 되었습니다.

2-3
사진을 배우고 싶어

   학교에서 아들의 징계 결과가 나왔는데 다행히 사회봉사활동 명령으로 퇴교를 면했습니다. 저는 아들과 일주일에 두 번 정기적으로 만나서 데이트를 하기로 약속했어요. 무조건 시간을 함께 보내는 게 필요하다는 판단이었죠. 한 번은 서점 투어를, 또 한 번은 영화나 공연 관람을 함께 했습니다.

   아들이 중학교 2학년 가을부터 시작된 데이트는 해를 넘겨서 봄을 지나 여름으로 접어들고 있었습니다. 아빠의 입장에서는 아들이 학교에서 쫓겨나지 않은 것보다 더 중차대한 일이 있었어요. 그건 녀석이 뭔가 적성에 맞는 분야를 찾아서 마음을 다잡고 매진하는 일이었죠.

아들과 만날 때마다 얘기했습니다. '공부에 관심이 없다면 그거 안 해도 된다. 진짜로 네가 좋아하는 게 뭔지 떠오르면 알려 달라'고 말입니다. 서점과 극장으로 데이트 코스를 잡은 것도 최대한 강요하는 느낌을 주지 않고 아이가 자유로운 분위기에서 아빠의 부탁을 생각하고 답변을 주기 바라는 마음이 컸어요.

서점 데이트 첫날이 기억납니다. 넓은 실내 공간에서 아들에게 1시간 동안 마음에 드는 책을 골라 보라고 했어요. 무슨 책이 됐든 네가 관심을 가지는 내용이라면 그걸 사주겠다고 말하고 기다렸는데, 아들이 온갖 듣도 보도 못한 기괴한 책을 골라 오는 걸 보고 내심 당황했습니다. 연쇄살인마들의 프로파일링이나 일본의 잔혹망가 같은 책을 주로 보다가 서너 달이 지나면서 차츰 수위가 낮아지더라고요.

아들 녀석이 고르는 책의 성격이 변하듯이 둘 사이의 관계도 좋은 쪽으로 변했습니다. 영화나 뮤지컬 공연을 함께 본 날은 같이 밥도 먹고 차도 마시면서 얘기를 많이 나누었는데 이게 계속되면서 비로소 친밀감이 만들어지는 느낌이 들었어요.

처음에는 어색했지만, 어느 순간부터 친구처럼 서로의 속내를 말하는 시간이 허락됐습니다. 가끔은 저도 아들에게 제 학창시절 이야기를 들려줬어요. 고등학교 때 음대를 가고 싶었어도 집 안 분위기가 엄해서 말도 못 꺼낸 이야기, 부모님의 기대가 너무 커서 명문대학을 진학해야 한다는 압박감에 사춘기를 보낸 이야기, 네가 태어나면서 비로소 아빠는 하고 싶었던 일을 하게 됐다는 이야기, 네가 이번 기회에 꼭 진짜 하고 싶은 분야를 찾아냈으면 좋겠다는 이야기 등 그런 대화를 나눴습니다.

아이는 자기 진로문제에 부딪히면 얼굴이 굳어지곤 했어요. 아무리 제가 천천히 여유 있게 생각하자고 해도 당사자 입장에서는 답답했겠죠. 아빠를 위해서가 아니라 본인이 하루하루 무의미한 시간을 보내기 싫었을 테니까요. 그러던 어느 날, 5월의 햇살이 좋았던 날이었는데 저녁에 아들이 급하게 보자고 했습니다. 카페에 자리를 잡고 뭔가 했는데 마침내 자신이 하고 싶은 일을 찾았다고 하더군요.

"사진을 찍고 싶어, 아빠."
너무 흥분한 표정을 지으면 아이가 놀랄까 봐 저는 최대한 침착하게 되물었습니다.
"축하해! 근데 사진을 선택한 이유가 있어?"
"친구들이 내가 찍은 사진을 보고 너무 좋다고 해서 그렇게 하기로 했어."

중학교 3학년 올라와서 학기 초에 수학여행을 떠났는데, 거기서 단체 사진이나 친구들 사진을 찍어주었던 모양이었어요. 2학년 때 사고를 치고 난 후, 친구 관계에 어려움을 겪으며 지낸다는 이야기를 들었는데, 친구들의 인정을 받은 경험 덕분에 내 아들이 용기를 냈다는 사실이 기뻤습니다.

#2-4
성인식 선물

당장 다음날에 백화점 문화센터에 등록을 시켜서 초보과정을 시작하게 했습니다. 카메라도 중고품 중에서 가장 좋은 걸로 골라서 사줬고요. 지금도 아들이 저에게 말하곤 합니다. "아빠가 문화센터 데려다주던 첫날, 뒷좌석에 카메라가 놓여 있는 것을 보면서 아빠는 나를 진짜로 응원해주는 사람이라고 느꼈어."라고요.

저희 부모님이 워낙 뜨겁고 구구절절한 마음으로 아들 뒷바라지하시며 너무 심하게 부담감을 주신 기억이 생생했기 때문에 저는 그렇게 하기 싫었던 것 같아요. 제 마음 깊은 곳에는 아직도 자신이 할 말을 제대로 못한 채 웅크리고 숨어서 부모님과의 솔직한 대화를 원하는 아이가 있는 것 같아요. 그래서 아이와 함께 시간을 보내면서 위로와 격려를 받았던 건 오히려 제 쪽이 아니었나 싶습니다. 수렁에 빠진 아들을 밖에서 손을 내밀어 꺼낸 것이 아니라, 저 역시 그 속에서 산전수전을 다 겪으며 함께 빠져나온 듯한 일종의 '동지애'가 생겼다고 할까요?

우여곡절 끝에 시작한 아들의 사진 찍기는 그 이후로 단 한 번의 흔들림도 없이 계속 이어져서 결국 대학교도 사진학과를 전공하게 되었어요. 올해는 졸업전시회를 가졌는데 기쁜 마음으로 찾아서 축하와 격려를 보냈습니다. 졸업 작품도 한 점 사서 방에 걸었는데 제 마음속으로 아들의 첫 고객이 되어서 제가 그 녀석의 기억 속에 영원한 응원자로 남기를 소망했습니다.

"아이를 키운다는 건, 달 탐사선을 쏘아 올리는 것이랑 비슷해요. 초기 단계에는 항상 붙어있다가 어느 날 갑자기 틴에이저가 되면 어두운 쪽으로 돌아가고 사라지게 되죠. 이제 할 수 있는 건, 돌아온다는 희미한 신호를 기다리는 수밖에 없는 거죠."

– 미드, 〈모던 패밀리〉 중에서

아이들은 언젠가는 반드시 부모를 떠나게 됩니다. 그게 언제, 어떻게 분리되느냐가 중요한 일인 것 같아요. 제 경우에는, 결혼까지 하고 첫 아이가 태어났을 때 사업을 하겠다며 우주 공간으로 사라졌다가 길을 잃고 표류하게 되면서 다시 부모님의 영향권으로 불시착을 한 경우입니다. 이제 어느덧 그 첫 아이가 커서 성년의 날을 맞이한다고 하는 소식을 듣는데 기분이 묘하더라고요. 나 자신의 성인식을 했던 기억이 아직도 생생한데 어느덧 시간이 이렇게 흘렀나 하는 그런 느낌 다들 아시죠?

　제가 부모로부터 받지 못했던 선물을 준비하고 싶었어요. 이런 경우의 선물은 받는 사람이 평생 기억을 할 수밖에 없어서 굉장히 신경이 많이 쓰이더라고요. 며칠 동안을 고민하다가 세 가지 선물을 샀습니다. '지갑'과 '향수'와 '콘돔'이었습니다. 당일 저녁, 준비한 선물을 가지고 아들과 함께 호프집으로 향했죠. 예쁘게 포장된 선물상자를 하나씩 하나씩 뜯어서 전해주며 가슴 속에 담아뒀던 당부의 말을 전하기 시작했어요.

　"성인이 된다는 건 좋은 시절이 다 끝났다는 뜻이야. 이제부터는 자유보다 책임감이란 게 널 괴롭힐 수도 있어. 요즘 시대가 젊은 사람들이 생활해 나가기가 너무 힘든 시절이라서 아빠는 걱정도 되고 미안하기도 하고 그러네. 지금부터 10년, 이십 대에는 뭘 해보려고 해도 아마 제대로 되는 일이 하나도 없을 거야. 아빠가 꼭 해주고 싶은 말은 성공하란 말 대신 지칠 때까지 시도하고 실패해 보란 얘기야. 많이 실패해 보고 그 대신 거기서 꼭 뭔가를 배웠으면 하는 마음이야.

　이제 사회생활을 시작하면 늘 언제나 돈이 부족할 거야. 지갑을 선물하는 이유는 뜻했던 일들이 제대로 풀리는 게 없고 내가 뭐하고 사는 건가 그런 고민이 들 때면, 아빠가 준 이 지갑을 보면서 용기를 가지길 바라는 마음에서야. 실패가 나쁜 게 아니라 실패를 하고 나서도 배우고 느끼는 것이 하나도 없는 게 최악이야. 그렇게 지내다가 언젠가 기회가 찾아올 때가 있는데, 그때는 아마 돈이 좀 필요할 수 있어. 이 지갑을 볼 때마다 그때를 위해서 돈을 모아놔야겠다는 생각을 했으면 좋겠다.

향수는 자기만의 개성을 가진 사람이 되기를 바라는 마음에서 준비했어. 사진을 찍으면서 살아갈 텐데 그 사진들 속에 꼭 너만의 색깔이 보였으면 좋겠다. 당분간은 사람들이 원하는 방향으로 흘러가겠지만, 그래도 꼭 어떻게든 자신만의 흔적이 묻어나는 작업을 하길 바라. 지금은 아빠가 골라준 향수지만, 이것저것 써보다가 마침내 너만의 향기를 찾아냈으면 좋겠고 네 삶에도 그런 향기가 묻어나오길 바라는 마음에서 준비했어.

음… 이건 좀 당황할지 모르겠다만 그래도 콘돔을 빠뜨리고 싶지는 않았어. 앞으로 혹시 여자 친구가 생기더라도 원하지 않는 임신을 시키면 안 된다는 뜻이야. 무책임한 행동을 해놓고 나 몰라라 발뺌하는 그런 무책임한 남자가 되지 않았으면 해. 몸만 어른이 되는 게 아니라 그에 걸맞게 정신도 자라서 성숙한 사람이 됐으면 좋겠다.

자, 우리 아들 아빠가 하고 싶은 말은 다 했으니까 건배 한번 하자. 다시 한번 축하하고 응원할게.”

그렇게 탐사선에서 본체와 분리되어 탐험을 떠나는 아들과 세레모니를 하면서 밤이 깊어갔습니다. 예전에 ‘사람은 태어나서 두 번 탯줄을 잘라야 한다.'는 말을 들은 적이 있어요. 처음 의사가 잘라주는 탯줄은 생물학적 출생이라면, 두 번째 자식이 부모에게서 독립하며 자르는 탯줄은 사회적인 존재로 탄생한다는 의미가 아닐까 합니다.

이제 자신만의 탐사를 시작한 제 아들 녀석이 경제적인 자립을 이루며 언젠가 시야에서 완전히 사라질 수도 있고 아니면 아주 오랫동안 박차고 나가지 못한 채 부모의 대기권에서 머물지도 모르겠지만, 그래도 그가 힘과 용기를 지닌 채 멋진 성인으로 살아갔으면 좋겠습니다.

#2-5
차마 깎지 못한 연필

이제 딸아이 얘기를 해야겠네요. 제게는 앞서 말씀드린 믿음직한 아들 녀석 외에 사랑스러운 딸이 하나 있습니다. 평범한 아이들과는 좀 다르 지만, 제 눈에는 세상 누구보다 고운 아이지요.

딸아이가 초등학교 2학년이 되던 해, 신학기가 열리고 일주일쯤 지나서 학교에서 면담 요청이 왔습니다. 약속한 날 만나 뵌 담임선생께서 어렵게 얘기를 꺼내셨는데 당신이 아이를 감당하기 어렵다는 말씀을 하셨어요. 학급에 적응을 못 하고 수업시간에 집중을 못한 채 교실 밖으로 배회를 한다는 것이 이유였습니다. 쉽게 얘기해서 장애증상이 보인다는 뜻이었습 니다.

사실 1학년 때에도 문제가 없었던 건 아닌데, 그때는 담임선생께서 헌신적으로 끌어안고 이끌어주셔서 무사히 1년을 보낼 수 있었습니다. 하지만 계속해서 그런 호의와 행운을 기대할 수는 없는 노릇이었죠. 결단을 해주십사하는 부탁에 며칠만이라도 말미를 달라고 했어요. 여기서 결단이란 장애 학생을 위한 특수반이 있는 다른 학교로 전학을 해달라는 뜻이었죠.

아내가 다른 아이들 엄마 모임에서 알아본 결과, 신학기 들어 전교에서 두 명이 문제가 되는 상황이었습니다. 우리 아이 말고 다른 아이는 이번에 5학년이 됐는데, ADHD 증상 때문에 외국으로 나갈 계획이라고 하더군요. 며칠을 고민한 끝에 학교를 찾아가서 전학을 하겠노라고 답변을 했습니다. 학교 측에서는 평범한 아이들을 우수하게 끌어올리겠다는 교육 방침을 세우고 있었기 때문에 우리 아이를 무사히 졸업을 시킬 엄두가 나지 않았어요. 우리 아이는 '평범한' 아이가 아니었으니까요.

아이에게 최선이라고 믿고 결정했지만 뭔가 가슴 저 안에서 억울하고 답답하고 분통이 터지는 느낌이 올라왔습니다. 누군가에게 하소연이라도 하고 싶은 생각이 몰려 왔지만, 그 누군가가 누군지도 잘 모르겠더라고요. 앞으로 남은 긴 세월 동안 어떻게 대처하며 지내야 할지 정말 눈앞이 캄캄해졌습니다. 가뜩이나 우리 사회는 평범한 아이들도 학업 스트레스와 친구관계 때문에 지내기 힘들다고 한탄을 하는 판인데, 장애까지 안고 지내야 할 딸아이를 생각하면 운명이 야속하기만 했습니다.

학교를 다닐 때야 그렇다 치더라도 나중에 사회에 나가면 어떻게 생계를 유지하며 살 수 있을까에 생각이 미치면 겁이 나고 막막하고 화가 나기도 했습니다. 당시 차를 몰고 다니면서도 불쑥불쑥 혼자서 욕을 하며 고함을 지르곤 했는데 지금 생각해보니 그건 하늘이나 세상을 향해 소리쳤다기보다는 저 자신의 무력함에 대한 분노였다는 생각이 들어요.

결국, 지역 지원센터의 주선으로 새로운 학교를 소개받아 전학을 했습니다. 낯선 교정에 도착하니 담당 선생님께서 교장 선생님 방으로 안내를 했습니다. 아이는 제 손을 잡고 태연하게 걸었지만, 긴장했던 저는 무심결에 아이의 손을 너무 꽉 잡아서 아이가 아프다며 손을 뺄 정도였죠. 교장실 문이 열리고 들어섰을 때, 초로의 여자 선생님께서 책상에서 서류를 보시다가 일어서서 우리 앞으로 다가오셨습니다.

"어서 와라, 네가 바로 ○○이니? 우리 학교에 온 걸 진심으로 환영한다."

교장 선생님은 두 손을 활짝 벌리셔서 아이를 끌어안아 주셨습니다. 아이가 당황해서인지 품에서 빠져나가려고 하자 부드럽게 놓아 주시며 당신의 책상으로 가시더니 까만색 마분지로 만든 둥근 원통형 필통을 집어 드셨어요.

"이건 선생님이 ○○이에게 주는 선물이야. 앞으로 이걸 가지고 이 학교에서 공부하고 즐겁게 지냈으면 바람으로 너한테 주는 거야."

저는 잠시 화장실에 다녀오겠다고 양해를 구하고 세면대에 물을 틀어 놓고 연신 얼굴을 찬물로 닦아내야만 했습니다. 갑자기 가슴이 북받치며 눈에서 눈물이 하염없이 흘러내리는 걸 보여 드리기 싫었기 때문이었어요. 가늠할 수 없는 시간이 흐르고 진정이 되어 다시 교장실로 갔을 때 아이는 교장 선생님께서 주신 까만 필통을 쥐고 아빠에게 와서 안겼습니다.

딸아이가 초등학교를 졸업하고 중학교 졸업반이 된 지금도 제 방 책꽂이 선반 위에는, 그때 그 고마운 교장 선생님께서 제 딸에게 주셨던 필통이 놓여 있습니다. 그 안에는 아직 깎지 않은 두 자루의 예쁜 연필이 곱게 들어있고요.

저는 가끔 필통 안의 연필을 집어 들고 바라보며 이런저런 생각을 하곤 합니다. 나중에 아이가 훌륭하게 자라서 아빠의 품을 떠나게 되는 날이 오면 편지를 쓰고 싶어요. 조심스럽게 연필을 깎듯 우리가 함께 했던 시간들의 추억을 잘 다듬어서, 마침내 예쁜 모습으로 드러난 연필심 같은 마음으로 한 글자 한 글자 사랑을 담아 쓰고 싶습니다.

딸에게

네가 만약 어떤 나라였다면, 난 아마 훈장을 받았겠지.
네가 만약 어떤 회사였다면 난 아마 고액 연봉자였겠지.
네가 만약 어떤 종교였다면, 난 아마 순교자의 영예를 얻었겠지.

하지만 난 그저 한낱 너의 아빠일 뿐,
그래도 너와의 행복하고 감사한 날들이었단다.
사랑한다, 아가야.

당신은
늘 소중하고
아름다운 존재입니다.

2-6
친구 같은 사이

딸아이는 친구가 없습니다. 타인과 대화를 나누지 못하고 극도로 낯을 가려서 한동안은 자폐증상이 아닌지 의심이 되어 검사도 하고 그랬습니다. 오죽하면 친할머니께서 "내 소원이 손녀한테 인사 한 번 제대로 받아보는 일이다."라고 푸념하실 정도이니까요.

학교에서 비장애인 친구들과 사귀는 건 언감생심이고, 함께 생활하는 몇 명의 특수반 아이들과 지역 복지관에서 만나는 선생님이나 친구들과도 친해지는 데 시간이 아주 오래 걸립니다. 초등학교 다닐 때까지만 해도 언젠가는 차차 좋아지겠지 위안을 삼아 넘어갔는데 어느새 벌써 중학교를 졸업하게 되는 나이가 되니까 슬슬 본격적으로 고민이 돼요. 학창 시절, 인격 형성과 성격 계발에 친구라는 존재가 아주 중요하다는 건 상식인데

고등학교 가면 꼭 친구를 사귈 수 있는 환경을 만들어줘야겠다는 생각을 하는 요즘입니다.

그나마 천만다행인 건 엄마와 오빠 같은 가족들하고는 의사소통을 잘 합니다. 요즘은 사춘기 증상인지 집에서 반항도 하고 다투기도 한다고 하니 얼마나 반가운 일인지 모르겠어요. 아빠인 저하고는 잘 다투지 않습니다. 벌써 7년이 넘는 시간 동안 초등학교 때는 제가 주보호자가 되어 거의 매일 학교도 데리고 다녔고, 중학생이 된 이후 복지관 프로그램이나 체험학습 등에는 동참을 하면서 속된 말로 '서로 죽고 못 사는 사이'가 된 거죠.

딸아이는 이 세상에서 오직 저에게만 온갖 희로애락의 감정을 표현합니다. 오랜 시간 함께 지내면서 이제는 웬만하면 아이의 작은 몸짓을 보고도 화장실에 가고 싶다는 건지, 배가 고프다는 건지, 아니면 어디가 불편하다는 건지 등을 제가 알아차릴 정도예요. 가끔은 너무 응석받이로 키우는 건 아닌 건가 걱정이 되기도 합니다만, 아무래도 딸아이 주변에 아무도 없다 보니 저하고 함께 하는 시간 동안만은 외롭지 않게 해주려는 마음이 더 큰 게 솔직한 심정이에요.

주말에는 놀이공원이나 영화관, 그리고 근교의 여행명소 등도 함께 다니는데 최근에는 이동하는 차 안에서 목소리를 높여 노래를 같이 부르는 재미에 흠뻑 빠졌어요. 처음에는 주로 포털 사이트 내 주니어 섹션에 올라

있는 동영상 클립을 틀어놓고 거기에 나오는 각종 만화영화 주제가들을 따라 불렀는데 주로 일본풍 미소녀 캐릭터들이 나오는 만화를 좋아하더라고요. 가끔 극장용 애니메이션이 개봉되어 딸아이를 데리고 갔는데 뜻밖에도 많은 초중고 학생들이 관람하며 주제가를 따라 부르더군요. 마치 작은 콘서트에 온 것 같은 느낌이 들기도 했어요.

최근 작품들을 알 리가 없는 저는 그저 묵묵히 아이의 노랫소리에 귀를 기울이고 있었는데, 어느 날부터인가 제가 아는 노래를 부르기 시작하더라고요. 〈개구리 왕눈이〉, 〈은하철도 999〉, 〈미래소년 코난〉, 〈이상한 나라의 폴〉 등 귀에 익숙하고 가사도 외우고 있는 노래들이라서 너무 반갑고 신기했습니다. 무심결에 저도 따라서 흥얼거리니까 아이도 신기한지 어떻게 아느냐고 묻더군요. 아빠도 어렸을 때 부른 노래라고 말해주고 함께 신나게 노래를 불렀습니다.

노래를 함께 해보신 분들은 아시겠지만 상대방의 호흡에 맞추다 보면 덩달아 고조되는 일이 있는데, 저와 제 딸아이가 그랬습니다. 제가 신이 나서 목청을 높이면 아이도 뒤질세라 큰 소리로 부르고 그렇게 흥에 겨워서 몇 곡 부르고 나면 아이의 얼굴이 발그스름하게 붉어져 있습니다. 저는 그 고운 얼굴빛이 너무 좋아서 일부러 큰소리로 과장해가며 부른 적도 많은데 그러다가 기침이 나서 켁켁거리면 아이가 등을 두드려 주곤 합니다.

생각해보면 딸아이로 인해 너무나 감사하고 행복한 일이 많습니다. 친구는 서로 영향을 주고받으며 함께 성장하고 변화하는 관계를 만든다고 했던가요? 우리 아이가 아빠 이전에 친구로서 저를 받아들여 주면서 태도가 좋아지고 외롭지 않게 되었다면, 저 역시 우리 아이와 친구가 되면서 긍정적인 변화들이 찾아왔어요.

저를 오랫동안 본 사람들이 요즘 제게 예전과 비교해서 표정이 많이 밝아졌다고 하더라고요. 사실 제가 어릴 적부터 '엄진아', 엄숙하고 진지한 아이였어요. 소개팅 나가면 무서운 표정 때문에 여자들한테 선택도 못 받았고, 사람들과 단체사진 찍을 때는 나중에 나온 제 모습이 너무 어둡고 무겁게 보여서 슬슬 피하기 예사였습니다. 그런 제가 요즘은 스스럼없이 셀카를 찍기도 하고 단체사진도 적극적으로 환하게 찍습니다.

이런 변화는 저로서는 꿈도 꾸지 못했던 일들인데, 이게 모두 딸아이 덕분이에요. 딸과 함께 시간을 보낼 때면 제 표정과 몸짓과 말투가 어린아이처럼 바뀌게 됩니다. 둘이서 함께 사진을 찍을 때면 저도 모르게 환하게 웃고 장난스런 포즈도 취합니다. 그렇게 눈높이를 맞춰서 즐겁게 놀기 시작하면서 저도 모르는 사이에 밝고 활기찬 모습이 몸에 배었습니다.

단순히 겉모습뿐만이 아니에요. 딸아이의 장래 문제도 처음에는 비관적이고 절망적인 예상을 많이 했는데 아이와 마음이 통하고 친구처럼 가까워지면서 까짓거 나중에 부딪히면 같이 풀면 되지, 하는 생각도 합니다. 근거도 없는 막연한 낙관으로 지금 준비해야 하는 것들을 태만하게 지나

98

치는 것도 문제지만, 아직 닥치지도 않는 미래의 불안을 현재로 끌어와서 아무것도 못 하고 안절부절하는 일도 역시 좋은 태도는 아닌 것 같아요.

친구라는 사이가 과연 어떤 관계를 말하는 것일까요? 그건 문자 그대로 단순히 '오래 지낸 사이'만을 뜻하는 건 아니라고 생각합니다. 진정한 친구라면 서로가 서로에게 의지가 되고 마음이 통해서 결국은 남들이 봤을 때 구분하기 어려울 정도로 비슷한 모습이 되는 사이가 아닐까 해요. 결국, '또 다른 자기 자신'이자 '마주 보는 분신'과도 같은 존재가 아닐까요? 점점 나이가 차서 올해는 주민등록증까지 나오게 되는 제 딸아이에게 오랫동안 좋은 친구가 되기를 다짐하는 요즘입니다.

#2-7
식당보조 생활

글을 써야겠다고 마음먹기 전에 식당에서 주방보조로 일을 좀 했습니다. 제 나이 마흔여덟에 마케팅 기획자로서의 역량이 저물어 가던 그때, 뭔가 새롭게 인생 2막을 준비하지 않으면 안 되겠다는 위기감이 몰려와서 절박한 마음으로 새롭게 도전했어요. 많은 일들이 있었는데 굳이 식당일을 선택한 건, 제가 평소 요리를 하는 걸 좋아한 것이 큰 이유였지만 한편으로는 우리 딸아이 때문이기도 합니다.

당시 제 딸아이는 초등학교 5학년이었는데 중학교 진학이 눈앞에 보이기 시작하면서 아이의 진로는 어떻게 되나 하는 두려움이 있었어요. 어차피 입시를 준비해서 수능을 치르기는 힘드니까 적성에 맞는 기능을 훈련해서 취업하는 방안이 가장 현실적인 이야기인데, 기왕이면 아빠인 제가 차린 식당에서 함께 일을 하면 좋지 않을까 하는 생각이 들었죠. 중년의 나이 든 아저씨를 반기는 식당이 있을 리가 없었지만, 뜻이 있는 곳에 길이 있다고 정말 운이 좋게 이탈리안 레스토랑에 주방 보조로 취업이 됐어요.

하루 12시간 동안 낯설고 물선 곳에서 몸은 천근만근 녹초가 되기 일쑤였지만 마음만은 힘이 드는지 모르고 지냈습니다. 그동안 딸아이를 집으로 데려와서는 매일 저녁을 차려 주었는데 제가 만든 음식을 아이가 맛있게 먹을 때 보람차곤 했거든요. 마침 어느 유명 프랜차이즈 상호가 아빠와 딸이 함께 하는 분식집이어서 오며 가며 그 가게의 간판을 보면서 딸아이와 함께 할 식당에 대한 희망으로 새로운 의욕이 생기기도 했습니다.

저처럼 장애를 가진 자녀를 둔 부모들은 현실의 벽 앞에 막혀 고민할 때가 많습니다. 학교에서 아이가 놀림을 당하진 않을까, 특수교육을 어떻게 시켜야 온전히 자립할 수 있도록 도와주는 것일까, 내 아이가 대중교통과 편의시설 이용 등을 잘 익혀서 혼자서도 사회생활을 할 수 있을까, 남들한테 이용당하지 않을까, 이성문제에서 회복될 수 없는 상처를 받지는 않을까 등 꼬리에 꼬리를 물고 걱정거리가 쌓이거든요.

아무튼 그런저런 이유로 새로운 환경에서 새로운 시작을 했습니다. '몸은 정직하다'라는 말이 있는데 하루종일 고된 노동을 마치고 집으로 돌아올 때 뿌듯한 느낌이 들곤 하더군요. '내가 오늘도 포기하지 않고 힘든 일과를 넘어섰구나.' 하는 안도감과 성취감으로 인해 나약했던 정신이 몸과 함께 나날이 강해지는 경험이었죠. 아주 단단한 바위도 작은 틈새를 노려 깨기 시작하면 어느새 부서져 무너지는 현상과 같은 이치였던 것 같아요.

불확실하고 불평등해 보이는 아이의 진로 역시, 내가 살아있는 한 작은 도움이라도 곁에서 포기하지 않고 돕는다면 넘지 못할 산이라고 여기지 않아도 될 것 같았습니다. 물론, 언제까지 옆에 바싹 붙어 따라다니며 일일이 밥숟갈을 떠먹여 줄 수는 없겠죠. 세상에 어떤 부모도 자기 자식의 운명을 좌지우지하지는 못하니까요. 그저 곁에서 자리를 지키며 아이들이 힘들 때 어깨를 빌려주고, 넘어졌을 때 손을 내밀어 주고, 울고 있을 때 눈물을 닦아주는 것이 가장 기본적인 역할이 아닐까 해요.

그러기 위해서는 일단 부모가 온전히 바로 서 있어야 한다는 걸 알았습니다. 아이를 업고 산을 넘는 게 아니라, 아이의 손을 잡고 함께 걸어가는 것이라는 걸 말이죠. 주방에서 보조역할을 할 때 주방장을 돕는 최상의 덕목은, 그가 마음 편하게 요리를 할 수 있도록 궂은일도 마다하지 않고 식재료를 처리하고, 손을 빌려주며 돕고, 밀려서 쌓이는 설거지를 제때제때 해치워 주는 것인데 아이에게 부모란 존재도 비슷하지 않을까 하는 생각을 했어요.

주방 보조 생활은 2년 정도 하다가 파킨슨병 후유증으로 치매 증상이 오신 아버지를 간호하기 위해서 어쩔 수 없이 그만두어야만 했는데, 지금 생각해 보면 못내 아쉽습니다. 그래도 아직 딸아이를 위해서 저녁을 챙겨

주는 일은 계속하고 있으니 다행이에요. 앞으로도 오랫동안 그 일만은 그만두지 않고 계속할 것 같습니다.

돌이켜보면 하던 일을 모두 그만두고 백수처럼 지내야 하던 시절에, 하루에도 몇 번씩 내가 과연 이 사회에서 쓸모가 있는 사람일까 하는 자괴감이 불쑥불쑥 밀려오던 순간이 제 일상이었는데, 그래도 아빠가 와서 밥을 차려주기를 기다리던 딸아이가 있었기 때문에 제가 마지막 자부심을 지키며 버틸 수 있었던 것 같아서요.

내년부터는 아이와 함께 바리스타 과목을 수강하기로 했습니다. 이제 아빠와 딸이 함께 하는 식당은 어려워졌지만 언젠가 기회가 된다면 딸아이와 함께 카페를 운영하고 싶은 바람입니다.

창문으로 들어오는 밝은 햇살 아래 환하게 웃고 있는 아이의 모습을 상상하면서 말이죠.

현장에서 배운 것들

아이들과 지내는 시간을 거치면서 사업실패로 인한 절망감과 패배감에서 벗어나게 되었어요. 시간이 날 때마다 찬찬히 과거의 일들을 복기할 수 있었습니다. 나그네의 두꺼운 외투가 거친 바람이 아니라 따뜻한 햇볕에 의해 벗어진 것처럼 말이죠. 잠깐 여기서 제가 왜 사업에 실패했는지를 말씀드리려고 합니다.

사업이 망하고 다시 회사를 창업하기도, 취업하기도 여의치 않아서 프리랜서 일을 했어요. 사업을 하면서 제가 했던 업무가 주로 기획과 영업이다 보니 강점을 살리고 비교적 경쟁이 치열하지 않은 곳이 어디 있을까 알아보기 시작했습니다.

2000년 중반 당시, 엔터테인먼트 분야에서 한류의 싹이 트기 시작하는 조짐이 보이고 국내외 자금을 운용하는 회사들이 그쪽으로 투자를 시작하고 있어서 기회가 있지 않을까 했어요. 대규모 투자를 받은 매니지먼트 회사들은 매출의 다각화를 통해 이익을 극대화해서 주주들에게 배당해야 했는데, 새로운 사업모델을 기획, 실행할 인력이 내부에서는 부족했죠. 기회다 싶어 여러 곳에 프로젝트 기획안을 보냈는데, 운 좋게도 몇 군데에서 제가 제안한 프로젝트가 채택되면서 본격적으로 일을 시작했습니다.

제가 제안한 내용은 문화콘텐츠 상품개발이었는데, 요즘은 굿즈(Goods)라는 명칭으로 널리 알려졌지만 당시에는 MD상품(머천다이징 상품)이라는 이름이었어요. 저는 공연, 전시, 한류스타 팬미팅, 뮤지컬 등 기획사와 계약을 하고 각종 상품을 기획해서 디자인해서 상품개발 및 판매까지 일괄적으로 프로젝트를 진행했죠.

판매는 요즘처럼 온라인 유통이나 전문 판매숍이 없어서 주로 현장에서 매대를 설치하고 한정판매 상품을 직접 팔았는데, 쉽게 말하면 장사를 한 것이라고 보시면 될 거에요. 유명밴드나 아티스트의 전국 투어, 아이들의 방학 시즌에 선보이는 기획전시, 일본에서 하루 행사로 진행된 한류스타 팬미팅, 그리고 대극장에서 공연되었던 창작뮤지컬까지. 돌이키면 보부상처럼 전국을 누비며 상품을 팔았네요.

사십 대의 대부분을 장식했던 현장판매 풍경은 삼십 대를 보냈던 벤처

회사 사무실의 그것과는 많이 달랐습니다. 옷차림도 다르고, 하는 일도 다르고, 만나는 사람도 다르고, 운영하는 매출이나 자금의 규모도 다르고, 시간이 흐르는 속도노 달랐어요. 사업과 장사는 명칭만 다를 뿐만 아니라 거의 모든 면에서 차이가 나더라고요.

하지만 돈을 벌어 남겨야 한다는 목표는 같았기 때문에 장사를 하면서, 예전에 사업을 하면서 놓치고 지나거나 미처 알지 못하던 점들을 생생하게 깨닫게 되었습니다. 쉽게 말하자면 사업을 왜 실패했는지 비로소 뒤늦게나마 복기할 수 있었단 뜻입니다.

돈을 번다는 것에 인식이 완전하게 바뀌게 되었어요. 사업을 할 때 돈이란 회사 통장에 찍히는 숫자에 불과했어요. 시간이 흐르다 보면 나중에는 숫자들을 보면서 점점 돈이란 대상에 대해서 무덤덤하고 무감각적으로 바뀌게 되더라고요.

하지만 장사의 현장에서는 현찰을 주고받습니다. 돈을 직접 만지게 되면서 돈을 번다는 행위를 머릿속이 아니라 몸으로 직접 체감을 합니다. 미국의 유명 사업가들이 어릴 때 벼룩시장에서 물건을 팔았다는 일화가 크게 느껴졌어요.

소비자 욕구 조사라는 것도 생생하게 현장에서 배우게 됩니다. 잊지 못할 일화가 하나 있는데, 유명 록밴드의 10주년 기념 전국투어를 위해 티

셔츠를 만들었는데 저는 당연히 그 밴드의 팬들이 20, 30대 여성이라고 생각을 하고 사이즈를 거기에 맞췄어요.

하지만 그분들이 10년이란 시간이 흐르면서 이제는 30, 40대가 되고 미혼에서 아이 엄마가 된 사실을 미처 생각하지 못하는 바람에, 현장에서 그분들이 자신에게 맞는 사이즈가 없이 모두 작다고 불만을 터트리면서 판매를 망치게 되었죠. 사업을 하면서 소비자 조사는 모두 페이퍼 자료를 통해 익혔던 습관을 버리지 못했던 거예요.

경쟁상대 분석도 사무실에 앉아서 매출 실적이나 고객 회원수를 서면으로 보고 받는 것만으로는 수박 겉핥기일 수 있다는 것도 배웠습니다. 제가 현장에서 직접 만난 경쟁자 중에서 잊지 못할 분들이 계십니다. 원래는 기획사와 독점판매 계약을 하기 때문에 현장에서 경쟁자는 없어야 정상인데요. 그런데 간혹 지방 공연장에서는 그 지역에서 힘깨나 쓰는 분들이 무단으로 좌판을 펼치고 판매를 하시더라고요.

당시 야광봉이 꽤 짭짤한 효자상품이었는데, 잔뜩 준비해서 갔다가 험상궂은 그분들의 완력에 단 한 개도 꺼내지 못하고 물러서야 했던 것은 지금도 서럽고 화가 나는 기억입니다. 마케팅과 판매현장은 총성 없는 전쟁터라는 교과서의 문구가 살아서 튀어나오는 경험이었죠.

그렇다면 저는 장사에서는 성공을 거뒀을까요? 아쉽게도 투자금액에 대비 이익을 거의 남기지 못해서 성공했다고는 할 수 없는데, 대신에 성공하지 못한 이유를 늦지 않게 느낄 수 있었던 점이 수확이라면 수확이었던 것 같아요.

장사에서는 돈에 대한 배고픔이 큰 사람, 돈을 벌어야겠다는 절박함이 강한 사람이 이기는데 저는 그렇지 못한 사람이라는 것을 발견하게 되었어요. 물론 열망 이외에도 다른 여러 가지 요인들이 복합적으로 충족되어야 성공할 수 있겠지만, 그렇다 하더라도 마음과 생각의 중심에 끝없이 해갈되지 않는 '돈에 대한 갈증'이 없다면 경쟁에서 살아남는 게 참 어려운 일인 것 같습니다.

저는 비록 장사의 기본이 부족해서 성공하지 못하고 미련을 버렸지만, 다른 분들은 경쟁에서 꼭 살아남으셨으면 좋겠어요. 오직 현장에 경영의 뿌리를 두고 실패하지 않는 방법을 찾으시기를 당부하고 싶습니다.

#2-9
부부라는 이름

　사업이 망하고 아내와의 관계도 많이 힘들어졌습니다. 수입이 여의치 않은 저 때문에 밖에서 직장생활을 하며 가족의 생계를 담당하는 일도 맡아서 하랴, 어린 자식들 키워내랴, 틈틈이 경제적 지원을 해주시는 시부모님들 눈치 살피며 죄인처럼 비위도 맞추며 맏며느리 역할도 하랴, 마음고생이 이만저만 아니었을 거예요. 마음을 의지할 대상인 남편이 아이들한테만 마음을 쓰는 것도 힘들었을 것이라는 생각이 듭니다.

　타고난 심지가 굳고 늘 밝은 얼굴로 웃는 모습이 예쁜 사람이었는데 점점 얼굴에 미소가 사라지는 게 느껴졌지만 무심하기만 했던 저는 따뜻한 배려와 위로의 말도 변변히 전하지 못했습니다. 오히려 아주 사소한 일들에도 심사가 뒤틀려 삐지거나 불편한 내색을 비치고 옹졸한 마음에 잔소리 타박도 참 많이 했던 것 같아요. 십 년이 넘는 시간 동안 그렇게 못난 남편 상대하며 자신의 삶을 꿋꿋하게 버티며 살아낸 아내에게 이루 말할 수 없는 미안힘과 안쓰러움을 전하고 싶습니다.

결혼제도가 일종의 계약관계라면, 저는 단지 남자라는 이유로 자격도 없는 갑의 위치에서 온갖 특권을 누리며 지냈던 건 아닌지 그런 반성이 들기도 해요. 심근경색을 거쳐 제 삶에 대한 각성의 시간이 찾아오고 그래서 그 반성하는 마음을 담아 부부관계를 회복하기 위해 노력하는 게 정상일 텐데, 삶이란 게 참 아이러니한 모양입니다. 동화책이나 소설에서는 이런 경우 두 사람이 극적으로 화해하고 다시 꿋꿋하고 씩씩하게 가정을 일으켜 세우는 스토리로 끝나겠지만 현실은 꼭 그렇지만은 않더군요.

사실 저와 제 아내는 요즘 숙려기간을 지나고 있어요. 졸혼이라면 졸혼이라 할 수 있는데 아직 이혼을 진행하지는 않았지만, 근본적인 문제가 해결되지 않는 상태가 지속된다면 언젠가는 법률적으로 결별하는 것까지 합의를 한 상태입니다. 우리 둘 사이에 근본적인 문제라는 건 과연 뭘까요?

그건 어쩌면 결혼 당시 우리 모두 집에서 빨리 독립하고 싶어서 급하게 서둘러 의사결정을 했기 때문인지도 모르겠고, 겉으로는 서로 이해하고 배려하고 협력했다고는 하지만 마음 깊은 곳에서는 진정한 사랑이 모자랐기 때문일 수도 있고, 오랜 시간을 부부관계가 없이 지내면서 살가운

정을 느끼며 나누는 게 없었기 때문일 수도 있고… 실은 정확한 이유는 모르겠네요.

한 가지 확실한 건, 둘이서 합의를 하면서 공감한 내용은 하나입니다. '함께 지내면서 서서히 말라서 죽느니 차라리 각자 홀로 서서 남은 생을 활기차고 보람 있게 살아가자'는 것입니다. 자기 합리화가 아닐까 되묻고 또 고민해 보지만 그 생각에는 변함이 없어 보이네요. 그리고 더욱 아이러니한 사실은, 그렇게 거리를 두고 서로의 삶에 집중하면서 둘의 관계가 더 돈독해지고 신뢰가 쌓이는 체험도 적지 않게 생겼다는 점이에요.

그전에는 사소한 일들로 서로 신경이 곤두서서 다투고 그랬을 일들이 이제는 웬만하면 양해하고 협력하는 과정으로 변했습니다. 그전에는 마음의 여유가 없어서 마음속에만 머물던 고마움과 미안함과 소중함의 표현들도 부담 없이 전해지기도 합니다. 마치 적당한 거리에 있는 남들에게는 오히려 더 솔직해지는 것처럼 말이죠.

앞으로 아내와의 최종결론이 어떻게 날지는 모르겠지만 희망적으로 생각하려고 해요. 알량한 혼인서류 한 장으로 껍데기를 삼아 그 안에서 곪고 썩어가는 그런 가식적이고 병든 관계를 유지하는 게 아니라, 서로의 삶을 응원하고 아울러 아이들 양육에도 서로 책임감 있는 모습으로 최선을 다하는 그런 사이가 되지 않을까 기대해 봅니다.

'부부'라는 말이 한자로는 서로 다른 뜻이지만 우리말로 보면 똑같은 글자인데, 그렇게 한쪽으로 치우침 없는 동등한 인격체로 마주 서서 각자의 삶이 충만한 삶이 되기를 기도해 봅니다.

아버지, 흔들리는 촛불처럼

여러분에게 아버지라는 이름은 어떤 의미인가요?

어려서부터 아버지께서는 저에게 마주하기가 참 어렵고 깐깐한 분이셨어요. 잔소리가 심하신 편이었고, 의심도 많으신 분이라 좀 답답하고 그랬죠. 그래도 사업에서 자수성가 하신 분이라 자식들이 경제적 어려움 없이 무난하게 지낼 수 있도록 해주신 점은 정말 감사하게 생각해요.

아버지는 말년이 조금 힘드신 편이셨어요. 십년 전쯤 파킨슨병 진단을 받으시고 투병을 하셨는데, 간호하시던 어머니도 힘에 부치시며 당신의 병세가 짙어지셔서 따로 방을 얻어 독립하시게 되었습니다. 까다로운 아버지 수발하는 게 더는 감당이 안 된다고 하시는데 차마 조금 더 참아보시라는 말씀을 드릴 수가 없었어요. 그렇게 어머니가 안 계시게 되니 아버지는 어쩔 수 없이 혼자 실버타운으로 들어가셨는데 나날이 상태가 나빠지시더 군요. 간병인 아주머니가 계시긴 해도 워낙 까다로우신 분이라 주말에 방문하면 늘 편편하지 않은 심경을 토로하시는데 사실 진심으로 마음을 쓰며 그 고통이나 불편함을 공감해 드리지 못했던 게 솔직한 심정입니다.

그렇게 혼자 지내신 지 이삼 년이 지나던 어느 날, 실버타운에서 급하게 연락이 왔습니다. 간병인이 퇴근하고 저녁을 드신 아버지께서 무단으로 외출하셔서 동네를 배회하시다가 낙상을 해서 길바닥에 쓰러져 있는 걸 지나가던 행인이 보고 물어 물어서 모시고 왔다는 것이었습니다. 한달음에 달려가 보니, 여기저기 찰과상을 입고 누워 계신 아버지가 보였어요. 인근 병원으로 모셔서 검사를 하고 며칠 입원치료를 하신 후 퇴원을 했습니다.

멀쩡히 잘 계시다가 갑자기 무단으로 외출하신 이유를 여쭤보니 밖에서 누가 자신을 협박하는 전화를 해서 지금 당장 나오지 않으면 보복을 하겠다고 했다는 것이었어요. 파킨슨병은 시간이 경과 되면서 신경 퇴행으로 인한 수족 떨림 현상을 지나 차츰 치매나 환각, 우울증 등 인지기능에도 문제가 발생하기 시작하는데 아버지가 그 단계로 접어드신 듯했습니다. 야간에도 간병인을 붙여 드려야 하는데 아버지는 완강히 이를 거부하셨습니다. 예의 그 까다로운 성격에 낯선 타인과 어떻게 같이 잠을 잘 수 있느냐는 게 이유였죠.

비상 대책을 위해 가족회의가 열렸습니다. 어머니와 동생들이 모두 이구동성으로 이제는 요양시설로 옮기자는 게 중론이었는데 제가 혼자서 반대를 했어요. 대신에 제가 저녁에 실버타운으로 들어가서 아버지를 수발하겠다고 했습니다. 어머니를 독립시켜 드릴 때 아버지와 동생들을 설득하는 일에 앞장섰던 게 장남인 저의 역할이었기 때문에, 제 마음속에서는 아버지께 빚을 졌다는 죄책감이 그동안 계속 들었기 때문이었죠.

그렇게 해서 아버지와의 불편한 동거가 시작되었습니다. 가뜩이나 외로워하시던 아버지는 제가 들어가자 반색을 하며 좋아하셨지만, 저는 하루하루가 지옥 같았어요. 딸아이 저녁을 일찍 차려주고 아버지가 계신 곳으로 운전을 하며 갈 때, 딸아이 전학 시절 이후 아주 오랜만에 차 안에서 혼자 고함을 치는 일이 생겼습니다.

치매와 비슷한 환각 증상으로 아버지는 끝도 없이 같은 말씀을 반복하고 또 반복하시는 경우가 많았어요. 게다가 천성적으로 의심과 집착이 강하셨던 아버지는 환각을 보시는 경우에 잠을 주무시다가 비명을 지르며 일어나셔서는 출입문과 창문들이 제대로 닫혀 있는지, 누가 들어왔는지 확인을 하고 또 하셨습니다. 단칸방에서 함께 자고 있던 저는 밤새 몇 번이나 깨서 아버지를 안심시키고 달래느라 잠을 설치기 일쑤였고 건강도 나날이 나빠지는 걸 느낄 수 있었어요. 그제야 비로소 어머니가 왜 아버지 수발을 하시다가 탈진하셨는지를 알게 되었습니다.

항상 그렇게 비정상적인 상태는 아니셨고 멀쩡한 정신으로 돌아오시곤 했는데, 그럴 때면 아버지는 참 자상하시고 어린아이처럼 순박하신 모습을 보이셨어요. 시나온 인생역정을 기억나는 대로 차분하게 얘기해 주시는데 처음에는 그마저도 듣기 싫다가 점점 귀를 기울여 아버지가 살아오신 길의 이야기들을 듣게 되었습니다. 단편적인 기억의 파편들이 퍼즐처럼 맞춰지면서 한 사람의 서사가 차츰 살아 움직이며 제게 다가왔습니다. 아버지란 존재는 늘 저에게 소화가 안 되는 음식물처럼 버겁고 답답했는데 빙산이 조금씩 녹아내리듯 차츰차츰 아버지에 대한 해묵은 감정들이 사라지더군요.

10개월 정도 지난 어느 날, 아버지와 대화 하다가 제 마음속에서 강렬한 감정이 솟구치는 경험을 했습니다. 평생을 나귀처럼 가족이라는 굴레를 어깨에 짊어지고 일하시다가 마지막까지 가족을 위해 헌신적으로 희생을 하며 쓸쓸히 스러지는 한 사내의 모습이 보였습니다. 저는 그 자리에서 난생 처음으로 아버지를 껴안고 울었습니다. 얼마나 울었는지 모르겠네요.

아버지는 제가 갑자기 왜 그러는지 모르시고 계속 등을 다독거리며 괜찮다고 하셨습니다. 평생을 간절히 원하면서도 엄두도 내지 못했던 아버지와의 화해가 그렇게 생각지도 못한 시점에 찾아오게 되었습니다. 만약에 어머니께서 독립을 선언하시지 않으셨다면, 실버타운 대신 요양원으로 곧바로 들어가시게 되었다면, 제가 실버타운에 들어가서 수발을 들지 못했었다면 아마 그런 일은 없었을 테죠. 필연을 만드는 우연이 있다는 사실이 놀랍기만 합니다.

　그날 이후 1년 정도를 더 모시고 지내다가 아버지를 요양원 시설로 모셨습니다. 함께 지낼 때도 그렇고 요양원으로 모시고 난 이후에도 그렇고 제게 찾아온 가장 큰 변화는 스킨십이 생겼다는 점이었어요. 시시때때로 아버지의 손을 잡아 드리고 안아 드리고 그런 일이 일어나더라고요. 요양원 생활을 하시다가 올해는 상태가 더 악화되면서 폐렴과 패혈증으로 중환자실을 세 번이나 들어갔다 오셨지만, 아버지 특유의 끈질김으로 꿋꿋이 이겨내셨습니다.

　하루 온종일 침상에 누워 계셔서 찾아뵈면 의식이 있기도 하시고 그렇지 못할 때도 있는데 저는 갈 때마다 아버지의 뺨을 쓰다듬어 드립니다. 너무 앙상해져서 이제는 손에 스치는 감촉이 뼈마디밖에 없지만 저는 천천히 손가락으로 아버지의 얼굴을 어루만집니다. 바람 앞에 마지막 촛불처럼 흔들리는 아버지의 영혼을 부족하기만 한 제 손으로라도 막아 드리고 싶어서인지 모르겠네요.

　'아들은 아버지의 그림자를 밟고 자란다.'는 말이 있는데, 한평생을 오직 가족을 위해 헌신하신 아버지의 흔들리는 그림자가 크고 짙게 느껴지는 요즘입니다.
　(중환자실을 드나들며 병마와 사투를 벌이시던 아버지께서는 2018년 11월 15일, 이생에서의 길고 힘든 여정을 마치시고 편히 눈을 감으셨습니다)

2-11
만년 소녀, 어머니

　우리는 사랑의 원형으로 '모성애'를 떠 올릴 때가 많죠. 하지만 아쉽게도 제 기억 속에 어머니에 대한 애틋한 추억은 별로 없어요. 나이가 들어서도 어머니는 제게 애증의 대상 같은 그런 분이셨는데, 그래도 몇 년 전부터는 좋은 관계를 유지하고 있어서 참 다행이란 생각이 듭니다.

　어머니는 감정조절이 서툰 분이시고 자식인 저는 그걸 바라봐야 했습니다. 갱년기를 지나면서 우울증에 빠져 마음의 병이 깊어지시고, 젊어서부터 원수처럼 다투시던 아버지 수발을 하다가 본인도 병을 얻어 혼자 거처하시는 모습까지, 애처롭기도 하고 안타깝기도 한 어머니의 삶을 지켜봤죠. 몸은 자라고 나이는 들면서도 그 마음속에는 어릴 적 엄마와 세 자매가 함께 누워 집 나간 아버지는 언제 오시려는지 춥고 긴 밤을 울면서 지새운 어린 여자아이 하나가 들어있다는 사실이 세월이 지나도 아프고 쓰리기만 합니다.

'최상이 아니라면 최선이라도'라는 말이 있던가요? 저도 나이가 들면서 아이들을 키우면서 그 헤아릴 수 없는 아픔의 깊이를 더듬어 어머니와 잘 지내려고 노력을 합니다. 항상 생각하고 전화를 걸어 안부를 여쭙지는 못하지만, 그래도 직접 뵙게 되면 정성을 다해 어머니를 대하면서 지냅니다. 사실 아버지와의 화해가 그랬던 것처럼, 어머니와 관계가 좋아진 것도 예상하지 못했던 일이 벌어졌기 때문이에요.

어머니께서 독립하시기 직전에 계기가 되는 사건이 벌어졌습니다. 아버지와 함께 지내시며 병수발을 하시던 어느 날, 댁에서 의식을 잃고 쓰러지셔서 응급실에 실려 가셨던 일이 벌어졌어요.

당시 아버지께서 응급대원을 불러 옮기시고 저에게 전화를 주셔서 상황을 얘기하시더라고요. 일을 하다말고 놀라서 병원으로 향하는데 차 안에서 펑펑 울면서 기도를 했습니다. '엄마, 죽지 마! 죽으면 안 돼!'라는 말만 계속 되뇌었는데, 철들고 나서 처음으로 '엄마'라는 말이 튀어나왔습니다. 그때 제가 알게 되었어요. 겉으로는 냉랭하게 지내면서 살갑게 대하지도 못하고 지냈지만, 제 마음 깊은 곳에서는 어머니를 사랑하고 있다는 사실을요.

그 이후로는 딸아이와 지내면서 몸에 붙은 애교부리기와 칭찬해주기로 나이 드신 어머니를 쓰다듬어 드리고, 손을 잡아 드리고, 부축해 드리며 마음 편하게 해드리려고 노력합니다.

제가 농이라도 섞어서 장난스런 말을 던지면 어머니는 손으로 입을 가리고 수줍게 웃곤 하세요. 그 모습을 보면서 남자인 저 자신의 마음 깊은 곳에도 철 안 든 소년 하나가 숨어 있듯이, 여자인 어머니의 마음속에도 고운 소녀 하나가 자리 잡고 있다는 걸 느낍니다. 어쩌면 우리 마음속에는 어린아이가 하나쯤은 있는 건지도 모르겠네요.

집 앞 미장원이 비싸다며 불편한 몸 이끄시고 몇 정거장 떨어진 곳에 가셔서 싸구려 파마를 하시고 그 돈을 아껴 모아두셨다가 손자, 손녀 용돈을 전해주시는 어머니, 주변 지인들의 딱한 사연 들으시면 밤새워 눈물 흘리며 가슴 아파하시는 어머니, 얼마 전 아버지를 먼저 여의시고 이제 홀로 남아 외로우신 어머니께서 이제 부디 오랫동안 마음 편하게, 행복하게 지내셨으면 좋겠다는 생각이 간절합니다.

2-12
밑 빠진 독에 물 붓기

우리는 가족을 통해 '사랑'이라는 것이 무엇인지 배우는 것 같아요. 그리고 세상에 완벽한 가정은 없기 때문에, '완전한 사랑'을 늘 이상향처럼 가슴속에서 그리면서 그런 사랑을 해보고자 갈구하는 건 아닐까요. 그런 면에서 보자면 사랑만큼 공평한 건 없는 듯합니다. 모두가 부족하게 시작한다는 점에서요.

저 같은 경우는 애정의 '부족'보다는 '과잉'이 문제였기 때문에 어떤 대상에게 '밑 빠진 독에 물 붓기'를 하는 경우가 많이 있습니다. 상대방 의사와 무관하게 혼자서 애정 공세를 펼치다가 지치는 경우죠. 항상 제가 손해를 보는 것 같아서 그만둬야지 하면서도 그게 잘 안 됩니다. 사실 단순히 손해를 본다는 정도의 계산이면 크게 문제가 되지 않을 수도 있겠죠.

하지만 진짜 문제는, 상대방의 태도 때문에 제가 '마음의 상처를 입는다.'는 사실이에요. 눈을 돌려 주변을 돌아보면 저와 같은 사람들을 위한 책이나 강연이 차고도 넘칩니다. 일종의 관계 심리학 상담인데 인터넷 서점에 들어가서 '혼자_잘해줘서_상처'나 '외로움_홀로_강해지기' 등의 키워드로 검색을 하면 제목만 봐도 가슴이 설레는 책들이 수도 없이 결과 창에 뜨는 걸 확인할 수 있고, 유튜브에서도 어렵지 않게 전문가들의 훌륭한 강연을 찾아서 볼 수 있습니다.

한때는 그런 책이나 강연들을 찾아서 열심히 마음을 추스르고 멘탈을 강하게 하려고 노력했던 기억이 납니다. 거기에서는 '더 강해져야 한다.'는 메시지가 핵심이었고, 그게 잘 안 되는 이유는 '낮은 자존감'이라고 하더라고요. 잘해주는 상대를 통해서만 자신의 존재 가치가 입증되는 현상은 결코 바람직하지 않으니까 '혼자의 힘으로 일어서서, 무소의 뿔처럼 혼자서 가라'는 내용이었습니다.

깊은 감명을 받고 한동안은 자신감을 회복하고 나름 감정조절을 하려고 노력을 했죠. 하지만 시간이 흐르면서 결국 다시 원점으로 돌아오면 그 이전보다 더 의기소침해지곤 했어요.

그러기를 반복하다가 어느 날 문득, 갑자기 우스운 생각이 들더라고요. 생각해보세요, 자존감이 낮은 게 문제인 건 확실한 것 같은데 자존감을 키우라는 말에 흔들리며 그걸 또 키워보겠다고 아등바등 매달리고 있는 제 모습이야말로 자존감 없는 사람의 전형적인 사례 아닌가요?

어디서부터 잘못되었을까, 다시 고민하기 시작했어요. 전문가들은 해결책의 시작을 '자신의 모습을 있는 그대로 인정하고 받아들여야 한다.'고 했는데, 저는 '있는 그대로의 모습'을 다시 '괜찮은 무엇'으로 바꿔야 한다는 강박에 시달렸던 것 같아요. 그래서 제 모습을 돌아보면서 무엇을 인정해야 하는지 살펴보기 시작했어요.

〈밑 빠진 독에 물을 붓는 자신을 인정하고 싶지 않으려는 모습〉이 보이더군요. 밑 빠진 독에 물을 붓는 행동을 어리석다고 판단하는 대신, 그냥 받아들이고 인정하는 게 해답이 아닐까 했어요. 자신의 모습을 부정하고 더 강해지겠다는 멘탈보다, 비록 못나 보이고 어리석어 보이는 자신의 모습을 있는 그대로 끌어안는 멘탈이 더 강할지도 모르겠다는 생각이 들었습니다.

그렇게 마음을 먹고 나니 한결 머릿속이 개운해지더군요. 때마침 이번에 서울대 김영민 교수님께서 쓰신 〈아침에는 죽음을 생각하는 것이 좋다〉라는 책 서문에 같은 내용의 글이 있어서 참 반갑고 좋았습니다.

인생의 허무를 노래했던 루크레티우스가 '꽃다운 나이의 소녀들이 구멍 뚫린 그릇에, 어떻게 해도 채워질 수 없는 곳에 물을 길어 붓네'라고 한탄한 내용을 인용하면서, 저자는 '물이 흐르지 않으면 아름다움도 없고, 이야기도 없는 법'이라며 멋지게 응수를 합니다.

그러면서 일본 헤이안 시내, 어느 시인의 노래로 마무리를 하셨는데, 제게는 정말로 큰 위로와 힘이 되더라고요. 그래서 앞으로 누군가에게 다시 또 조절 안 되는 벅찬 애정을 쏟아붓게 되더라도 그때는 이 노래를 떠올리며 계산하지 않고 그냥 받아들이겠다고 결심을 해봅니다.

"단풍잎이 떨어져 물에 흐르지 않았다면 타츠카 강물의 가을을 그 누가 알 수 있었을까."

— 사카노 우에노 그레노리(坂上是則)

뮤지컬이 아니었다면

　암울한 시기에 가족들 말고 제게 힘과 용기를 준 것은 뮤지컬입니다. 지금도 '뮤지컬'이란 세 글자를 입으로 되뇌면 가슴이 설레고 뭉클하게 느껴집니다.

　뮤지컬에는 등장인물들로 대변되는 수많은 인생이 나옵니다. 드라마틱하게 펼쳐지는 무대에서 때때로 저 자신의 모습을 봤어요. 자존감이 심하게 망가지고 자신감은 멀리 도망가서 현실에서 내팽개침을 당했다는 생각이 들 때, 자고 일어나면 새날이 열리는데 어제의 아픔을 지울 사이도 없이 새로운 막막함이 밤새 자라나서 파고들 때, 그럴 때 저는 저 자신을 정면으로 마주하고 바라볼 기력도 없었어요. 외면하고 싶었고 도망치고만 싶은 날들이 많았어요.

그런데 무대에서 생각지도 못하게 저와 똑같은 심정으로 울고, 웃고, 고함치고, 쓰러지고, 좌절하는 인간들이 나오더라고요. 그렇게 타인의 모습에서 내 모습을 발견할 때, 깊은 공감과 치유가 따라오는 경험을 합니다.

딸아이의 하굣길, 학교 앞 어느 모퉁이에서 눈을 맞으며 〈레미제라블〉에 나오는 자베르 형사의 'Stars'라는 노래를 들으며, 어느 밤 선술집에서 혼술을 마시며 〈프랑켄슈타인〉의 주인공이 부르는 '난 괴물'이란 곡을 떠올리며, 아버지 병간호를 하다가 지쳐서 잠깐 밖으로 나와 산책을 하며 〈맨 오브 라만차〉의 '이룰 수 없는 꿈'을 나지막이 부르며 그렇게 힘든 시간을 지났습니다.

삶에 들이닥친 어려운 상황에서 슬픔과 아픔에 매몰되지 않고 한 발자국 떨어져 자신을 객관적으로 들여다볼 수 있도록 만드는 것이야말로 예술작품이 갖는 힘의 원천이라는 생각을 해요. 그야말로 어두운 바다에서 조난 당했을 때 멀리서 비추는 등대의 불빛 같은 거 말이죠. 저는 10년 가까운 시간 동안 150여 편의 뮤지컬을 관람하면서, 뮤지컬에 흐르고 있는 도전 정신과 치유와 공감의 정서들을 통해 바닥에서 딛고 올라올 수 있었습니다.

그렇게 관객의 입장에서 뮤지컬을 관람하다가 어느 날 용기를 내어 동호회 활동까지 하게 되면서 더욱 긍정적인 효과를 본 것 같아요. 일을 하면서 사람을 만나는 게 아니라 같은 취미를 가진 사람들이 모여 뜻을 모아 작품을 만들어 가는 일은 정말 활기차고 재미있는 경험이었어요. 함께 모인 사람들의 마음속에 뮤지컬을 사랑하는 열정이 있었기 때문이죠. 대부분 20, 30대 청춘들이 모인 모임에 들어가는 순간부터 40대의 최고령자 신입회원이었던 저를 마음을 열고 따뜻하게 맞아준 동호회 친구들에게 고마운 마음을 전하고 싶네요.

요즘 '덕업일치'라는 말이 있던데 자신이 즐겨 하는 취미가 일과 수입까지 연결되는 일은 생각만 해도 즐거운 일이죠. 꼭 돈과 관련되지는 않더라도 일에서 지친 심신을 회복하고 새로운 활력을 얻기 위한 취미 하나쯤 가지고 있어도 좋을 것 같아요.

우리가 취미를 찾을 때면 사실 지친 일상을 피해 안식처를 얻고 싶기 때문인데, 그건 마치 쓰고 있는 안경이 더러워지면서 세상이 그렇게 보이는 것과 비슷하다고 생각해요. 예술이 가지고 있는 정화의 힘으로 다시 세상을 투명하고 정확하게 바라보고, 더 나아가 힘들고 고된 일상을 이겨나갈 힘과 용기를 얻었으면 하는 바람입니다.

제가 뮤지컬이란 취미를 통해 무너지지 않고 끝까지 버텼던 것처럼 말이죠.

2-14
즐거운 요리

제게 뮤지컬이 취미라면 요리는 특기라고 하고 싶네요. 예전에 식당에서 주방보조 일을 하게 된 것도, 매일 딸아이에게 저녁을 차려줬던 것도 제가 요리하는 걸 즐기기 때문에 가능하지 않았나 해요.

요리가 즐거운 이유는 몇 가지가 있는데 일단 요리의 철학이 좋습니다. '다 먹어치워야 가치를 인정받는'다는 점이 재미있지 않으신가요? 다른 예술작품들은, 그림이던 음악이던 문학이던 공연이던 남겨져서 후대까지 이어져야 명작이라는 말을 듣게 되죠. 하지만 요리는 사람들이 남기면 남길수록 문제가 됩니다.

법정 스님께서도 피력하셨던 '무소유의 가르침'이 느껴져서 좋습니다. 간혹 몇 십 년 동안 보관된 햄버거나 통조림 등이 화제가 되는 경우가 있는데, 그건 그냥 호기심에 불과한 것이지 예술적 가치를 지니고 있는 건 아니잖아요? 요리를 하면서 우리가 아등바등 세상에 자신의 이름을 남기겠다고, 자식에게 재산을 남기겠다고, 역사에 위대한 업적을 남기겠다고 애를 쓰는 것에 대해서 한 번쯤은 되돌아볼 수 있어서 좋습니다. 딸아이도 그렇고 다른 사람들에게 정성을 다해 만든 음식을 차렸는데 너무 맛나게 싹싹 비우고 맛있었다는 칭찬을 들으면 그렇게 기분이 좋을 수가 없습니다.

다음으로 요리를 하면서 좋은 점은 과정에서 오는 깨달음이 있다는 점이에요. 예전에는 요리를 한다고 하면, 불을 켜고 음식을 만드는 과정인 줄 알았어요. 하지만 요리를 많이 하신 분들은 요리의 시작은 '장보기'부터 시작된다는 걸 알고 계실 거예요. 마트에서 장을 보면서 머릿속은 복잡합니다. 일단 요리의 과정을 머릿속으로 그리면서 어떤 재료들이 필요한지, 빠뜨리는 건 없는지 고민해야 하고 한편으로는 냉장고 속에 남아 있는 재료들까지 염두에 두면서 장을 봐야 하죠. 음식을 대접할 사람에 대한 애정이 크면 클수록 사실 장 보는 순간부터 즐겁습니다.

장을 보고 와서 요리를 하기 전에 '재료 다듬기'를 하는 순간도 의미가 있어요. 손끝으로 전해지는 생물들의 감촉이 색다른 체험입니다. 평소에 자연에 나가서 풀 한 포기, 생선 한 마리 손으로 만져볼 기회가 없는 도시 사람에게 이런 순간은 간접적으로나마 대자연의 일부와 하나가 되는 느낌도 들곤 해요. 좋은 모양으로 썰고 다듬어 가지런하게 늘어놓은 재료들은 역시 음식을 대접하려고 하는 사람에 대한 마음을 표현하고 있는 것 같아서 보기에 참 좋습니다.

설거지는 제가 제일 좋아하는 시간입니다. 그릇들이 깨끗하게 씻기는 순간에는 마치 제가 샤워를 하는 것 같은 느낌이 들어요. 손에 직접 물이 닿아서 그렇기도 하지만 힘주어 닦을 때 나는 '뽀드득 뽀드득' 소리가 저는 그렇게 좋더라고요. 예전에는 퇴식구의 식기들만 닦으면 설거지가 끝인 줄 알았는데 그게 아니라 싱크대 주변까지 말끔하게 닦아야 개운하고 그 여세를 몰아 식탁 정리를 거쳐 음식물 쓰레기 배출까지 마쳐야만 비로소 요리가 끝나는 느낌이 듭니다. 세상에 말끔한 느낌을 싫어하는 사람은 없을 거예요.

마지막으로 제가 요리를 사랑하는 이유는 음식에는 사연이 얽힌 경우가 많다는 거예요. 요리를 하고 식사를 한다는 말에는 단순한 재료들이 불과 물을 만나 만들어지고 입으로 씹어서 삼킨다는 물리적인 행위뿐만이 아니라, 우리가 살면서 만나던 사람과 사건들이 하나쯤은 담겨 있는 건 아닐까요? 제 경우에도 잊을 수 없는 에피소드가 하나 있습니다.

제가 어렸을 때 저희 집은 경제적으로 참 어려운 상황이었어요. 어머니께서는 늘 쪼들리는 살림살이에 반찬 걱정이 많으셨는데 어느 날 라면이란 상품이 나와서 부담을 좀 더시게 되었죠. 하지만 당시에는 라면도 밀가루로 만드는 국수나 수제비보다는 비싼 편이어서, 어머니는 한 달에 한

두 번이나 해주실까 말까 하셨어요. 라면이 나오는 날은 어린 삼 남매가 신이 나서 식탁으로 모여들곤 했습니다.

그런데 어머니는 그때마다 라면에 꼭 밥을 넣어서 함께 끓여내곤 하셨어요. 꼬들꼬들한 면발에 스프 맛이 짜릿한 라면을 기대했던 우리는 짜증이 나고 화가 나곤 했죠. 어떤 날은 젓가락을 탁 하고 내려놓고는 한 입도 안대고 일어나며 시위도 하고 그랬어요. 무엇 때문에 쓸데없이 라면에다 밥을 넣고 끓여서 맛을 다 버리시는 걸까, 어린 나이에는 도무지 이해하기 힘든 어머니의 만행(?)이었는데 나이가 들어서 비로소 알았어요. 어머니도 라면이 드시고 싶은데 속이 불편하고 소화가 안 돼서 그렇게 하셨다는 것을. 요즘은 저도 나이 들면서 소화가 안 되니까 따로 밥 넣고 끓여서 죽처럼 잘 먹고 지냅니다.

음식 하나에도 이렇게 많은 추억들이 녹아있는데, 요리를 하면서 그런 추억을 만들어 간다는 사실을 느낄 때면 기분이 조금은 묘해지고 그래요. 그런 날은 일본만화 〈심야식당〉에 나오는 대사 한 구절이 생각나곤 합니다.

"누군가 그리워지면 생각나는 음식이 있죠. 그래서 좋아하는 음식이 다다른지도 모르겠어요."

소확행 모임

　최근에 '소확행'이라는 말이 유행이죠? 다 아시다시피 '소소하지만 확실한 행복'이라는 뜻으로, 무라카미 하루키가 1986년 자신의 에세이에서 처음으로 사용해서 이제는 보편적으로 통용되고 있다고 하네요.

　처음 이 말을 접하던 순간 정말 마음에 확 닿았던 기억이 납니다. 갓 구운 빵을 손으로 찢어 먹을 때, 서랍 안에 반듯하게 정리되어 있는 속옷을 볼 때 느끼는 그 행복을 어떻게 외면할 수 있을까요?

　저는 아주 오랜 시간을 사회에서 고립되어 지냈습니다. 아침에 일어나서 오늘 하루 또 어떻게 넘겨야 하나 막막한 날들이 많았어요. 유일한 일과가 딸아이 저녁 차려주는 일밖에 없던 그 시절에 가장 아쉽고 그리웠던 것은 바로 사람들과의 만남이었습니다. 유일한 커뮤니티 활동은 주말 뮤지컬 동호회 활동이었지만 또래가 없는 데다가 제가 워낙 자신감 없이 주눅이 들어있으니까 마음을 터놓고 속 얘기를 터놓을 대상도 없었죠.

최근에 다시 세상으로 나가면서 몇몇 소모임에 참여하는데 정말 좋습니다. 그동안 쓰지 않았던 핸드폰 스케줄 앱을 열어서 모임 약속을 입력할 때면 아직도 실감이 잘 나지 않아요. 서울 기찻길 옆 낭독모임에 나가면 제가 팔을 걷어붙이고 음식을 만들어서 서로 밥을 나눠 먹는데 그야말로 '식구食口'라는 느낌이 들고 가족이 확장되는 기분이 들어요.

지방에 있는 독서모임에서는 주로 살아가는 이야기를 많이 하는 편인데, 해가 거듭될수록 점점 삶의 깊은 고민들까지 나눌 수 있어서 참 뜻 깊은 시간입니다. 이제 서른 초중반을 지나는 젊은 친구들이 운영하는 회사의 멘토로 참여하면서 그들과 사업적인 프로젝트를 논의할 때는 잊고 지냈던 벤처회사 시절의 꿈을 나눕니다.

문득 '人'과 '人間'이라는 말이 떠오릅니다. 둘 다 모두 사람을 뜻하고 있지만 담고 있는 뜻이 사뭇 다르게 느껴져요. 전자는 독립적인 한 사람, 자체 완결을 지향하는 주체적인 존재라는 뜻이 강한 것 같고, 후자는 좀 더 사람들과의 관계 지향적인 언어가 아닐까 하는 생각이 드네요. 둘의 차이는 결국 '間'(사이)라는 것도 지나치기에는 의미심장한 말이 아닐까 해요. 한자를 살펴보면 문(門이) 열려 있는데 그 틈으로 해(日)가 보이는 형상이잖아요. 극복하기에는 너무 벅차 보이는 현실의 소용돌이에서 꿋꿋하게 자신을 지켜나가는 독립정신도 필요하고, 그렇다고 자신의 내면에 있는 문을 꽁꽁 걸어 잠그고 고립된 삶을 살아가지도 않는 지혜가 필요한 시대가 아닌가 합니다. 세상 살아가기가 참 힘든 시절이 온 것 같아요.

만약에 누군가 저에게 당신의 소확행이 뭐냐고 묻는다면 저는 '사이'라고 말하고 싶습니다. 사이라는 말은 다르게 표현하면 '틈'이라는 말과도 같을 텐데요, 레너드 코헨이라는 음유시인이자 가수는 '모든 것에는 틈이 있다. 그 틈으로 빛이 들어온다.'고 노래했는데 제가 말하고 싶은 틈이라는 게 바로 그런 뜻입니다.

혹시 나무에도 틈이 있는 것 아시나요? 밑에서 보면 나뭇가지들 사이로 수많은 잎들이 빼곡하게 박혀서 바람에 흔들리는데 잘 살펴보면 잎들과 잎들 사이에 틈이 있고, 거기에 햇살들이 깃들어 있죠.

저 자신이 한 그루의 나무처럼 온전하게 대지에 뿌리를 박고 바로 서 있기를 기대하고, 그렇게 서 있는 나무의 틈새로 사람들과의 만남들이 작은 햇살처럼 반짝거렸으면 좋겠습니다. 행복이라는 게 온 지구를 비추는 거대한 태양이 아니더라도, 그저 제 작은 텃밭에 내려앉는 햇볕에도 감사하는 마음이 됐으면 좋겠다는 뜻이기도 하답니다.

차오르는 사랑

　살아가면서 사람들이 추구하는 최상의 가치는 모두 다른 것 같아요. 돈, 권력, 명예, 정의, 자아실현 등 세상에는 참 멋진 것들이 많죠. 여러분은 어떤 가치를 추구하며 살아가시는지 모르겠습니다. 저는 사랑을 믿고 바라보며 길을 걷고 싶습니다.

　사랑에도 그 종류와 결이 다양해서 어떤 사랑을 말해야 할지 모르겠네요. 부모와 자식 간의 사랑, 애인이나 배우자에 대한 사랑, 후배나 동료들을 향한 사랑, 사회의 소외계층을 향한 사랑, 반려동물에 대한 사랑. 참 다양한 사랑이 있죠. 대상을 놓고 보면 몸 하나로 부족할 정도로 많은 사랑을 얘기할 수 있네요. 세상 모두를 끌어안고 갈 수는 없을 텐데 누구를 선택해서 가야 할까요?

지금 와서 돌이켜보면 젊었을 때부터 제가 참 막무가내로 '사랑을 사랑' 했던 것 같아요. 제 앞으로 다가오는 대상들을 부여잡고, 그게 사람이던 일이던 이념이던 사물이던 그냥 막 사랑하겠다며 사력을 다하며 살았다는 뜻이에요. 한마디로 '타오르는 사랑'입니다.

솔직히 고백하자면 그건 낮은 자존감과 자신감의 결여에서 비롯된 것 같아요. 스스로에 대한 믿음이 부족하니까 대상을 앞에 두고 어떤 의미를 부여하고 그런 자신의 신념이나 이상을 관철시키겠다고 밀어붙이는 모습이죠. 겉으로 보면 열정적인 모습이었어요. 내면에서는 불안하고 초조하고 무엇인가에 쫓기는 것 같으니까 그게 죽기보다 싫어서 진력을 다해 사랑해 보겠다고 발버둥을 치며 살았던 것 같습니다.

그런 사랑은 결국 허무한 결과로 이어지곤 했어요. 상대를 배려하지 않고 맹목적으로 혼자서 불태우는 사람에게 누군들 곁에서 함께 있어주고 싶었을까요. 혼자서 배신감으로 슬퍼하다가 다시 새로운 대상을 만들어서 그 허무함과 외로움에서 벗어나고 싶었던 지난날이었네요. 그렇게 살다가 어느 날 타고 남은 연탄재처럼 버려져 지내다가 심근경색으로 죽음의 문턱에서 다시 세상으로 돌아왔네요. 가족들이 있었고, 저를 아껴주시는 분들이 계셨고, 아직은 세상에서 해야 할 일이 남아 있다는 하늘의 뜻이 있어서 그런 건 아니었을까 합니다.

요즘은 아침마다 평생을 먹어야 할지도 모르는 심장약을 삼키면서 다짐하곤 해요. '다시는 타오르는 사랑을 하지 말고 차오르는 사랑을 하면서 살자'고요. 차오르는 사랑은 맹목적으로 달려들지 않는다는 것이고, 서두르지 않아도 된다는 뜻이고, 상대방을 응시한다는 뜻이고, 사랑하면 할수록 텅 비는 느낌이 아니라 충만한 마음이 벅차오른다는 그런 뜻입니다.

그런 사랑을 하기 위해서 제게 가장 필요한 것은 '나 자신을 먼저 받아들이고 아끼는 일'이라는 것을 알게 되었어요. 사랑하는 데 있어서 가장 어려운 대상은 바로 자기 자신이 아닐까 해요. 왜냐하면, 다른 사람들과 달리 자기 자신에 대해서는 숨기고 싶은 은밀한 곳까지 너무나 속속들이 꿰뚫어서 알고 있기 때문이죠. 기준이 높을수록 자신에게 엄격하게 되고, 그렇기에 스스로를 용서하지 못하고 살아가는 사람들도 있는 것 같아요. 다름 아닌 제가 바로 그렇게 살았습니다.

안도현 시인은 '너에게 묻는다'라는 시에서, 너는 누구에게 한 번이라도 뜨거운 사람이었느냐며 연탄재를 함부로 차지 말라고 하였습니다. 그분의 다른 시에는 '눈 내려 세상이 미끄러운 어느 이른 아침에 나 아닌 그 누가 마음 놓고 걸어갈 그 길을 만들 줄도 몰랐었네, 나는'이라는 구절도 있습니다. 누군가를 위해 불같이 타올라 결국 연탄재처럼 되고, 그것도 모자라 그런 자신을 부숴 누군가가 미끄러지지 않는 길을 만들겠다는 의지가 너무 아름답고 숭고하게 느껴집니다.

앞으로 남은 생을 살면서 저도 그런 사랑을 실천하며 살고 싶습니다.

하지만 그 전에 스스로 다짐을 하게 되었습니다. 차오르는 사랑의 시작점은 바로 '있는 그대로의 자신'을 받아들이고 존중하는 것이라는 사실을 기억하겠다고요.

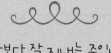

생각보다 잘 지내는 중입니다.

세번째 이야기

깊은 사랑을 받게 되면 힘이 생기고 깊은 사랑을 하게 되면 용기가 난다고 했는데, 이제부터라도 '강화유리'나 '방탄유리'가 되려고 합니다. 헐리웃의 슈퍼 히어로처럼 세상을 구하고 지구를 지키는 건 어렵더라도, 앞으로 여력이 허락하는 한 이 세상에서 제가 가장 사랑하는 우리 아이들만큼은 보호하고 싶다는 바람이에요.

#3-1
이끼와 활력

　우리는 가끔 수산시장에 갑니다. 싱싱한 활어를 먹고 싶어서죠. 난전에 서서 가장 상태가 좋아 보이는 생선을 고르기 위해 온 신경을 집중해 본 경험은 누구에게나 있을 텐데요, 여기서 문제 하나 드릴까요?

　"상인이 내미는 바구니 안에 감성돔 두 마리가 나란히 누워 있습니다. 그런데 A는 팔딱팔딱 뛰고 있고, B는 가만히 있습니다. 여러분들은 A와 B 중, 어느 것을 고르시겠습니까?"

　정답은 B입니다. B가 A보다 더 싱싱한 이유는 바로 "스트레스를 덜 받 았으며 환경에 적응된 상태이기 때문"인데, 양식장에서 시장까지 운송되 는 과정에서 활어들이 받는 스트레스는 상상을 초월한다고 합니다. 공급

되는 산소량, 수온, 그리고 지속적인 흔들림은 지금껏 살아온 환경과는 전혀 다르므로 안정을 되찾기까지는 시간이 걸리기 마련인데, 수조에서 2~3일 적응을 거쳐 안정을 시켜야 비로소 최상품의 횟감이 되는 것이죠.

업자들은 이 과정을 "이끼를 낸다"고 하더라고요. 펄떡펄떡 뛰는 놈들은 싱싱해서가 아니라 환경에 적응하지 못하고 스트레스에 미쳐서 온몸으로 괴로움을 호소하고 있는 것이고, 당연히 그걸 먹어서 좋을 리가 없는 상태라고 할 수 있겠죠.

그동안 정반대로 알고 지냈던 사실이 흥미로웠습니다. 그리고 생선이 아니라 사람들의 모습을 대입해보면서 생각이 약간 복잡해지더라고요. 자, 내친김에 문제 하나 더 드려 볼게요.

"만약 우리가 수조 속의 생선과도 같은 처지라면 우리는 어떤 삶을 살아야 행복할까요?

제도에 순응하며 고분고분하고 안정적인 생활을 하면서 스트레스도 없고 몸값(연봉)도 높아지는 편에 서는 걸까요?

아니면, 자유가 억압된 부조리한 시스템을 거부하고 죽음을 불사하는 저항의 몸짓으로 후회 없는 삶을 살다가 제일 먼저 찍혀서 불꽃처럼 산화하는 편에 서야 할까요?"

여러분의 대답은 어느 쪽이신가요? 선뜻 대답하기가 쉽지 않으실지 모르겠네요. 맞아요. 우리는 우리 자신의 삶에 대해서 똑 부러진 태도를 지니고 살고 싶은데, 현실은 만만하지 않기 때문에 우리가 주저하며 고민하게 만들죠.

다행히 저는 그 해답을 발견한 것 같은데 제가 나름대로 찾은 해답을 여러분께 말씀드리기 전에, 무엇이 우리가 주체적으로 살아가는 일을 가로막고 있는 것인지에 대한 제 생각 몇 가지를 먼저 얘기하고 넘어갈까 해요. 수조 속의 답답한 공기와 혼탁한 물처럼 우리를 억누르고 있는 방해물들이죠. 자, 그럼 한번 시작해 볼까요?

#3-2

돈 때문에 두려워질 때는

우리가 살아가는 곳은 자본주의 사회이고, 여기서는 경제 활동이 중요하죠. 문자 그대로 자본, 즉 돈이 중심이 되어 사회의 시스템이 유지, 운영되는 사회이기 때문에, 어느 시점에서부터는 돈을 벌어야만 생활을 영위할 수 있습니다. 그 과정에서 누가 얼마나 돈을 버느냐에 따라 그 사람이 지닌 가치가 평가되기도 하죠. 그건 마치 수조 속에도 비싼 생선과 상대적으로 저렴한 해산물이 나뉘는 것과도 비슷한데요. 크게 보면 모두 수조 속에 갇힌 신세라는 걸 생각하면 좀 서글프고 우습기도 합니다.

아무튼, 우리는 우리가 유능한 사회구성원임을 증명하기 위해 열심히 돈을 벌려고 하고, 그게 여의치 않으면 두려워집니다. 쓸모없는 존재로 여겨지는 걸 원하는 사람은 아무도 없을 테니까요.

그래서 돈 버는 일에 능숙하지 못한 저는 늘 마음 한편이 무거웠습니다. 자신감이 떨어졌다고 해야 하나, 좀 주눅이 드는 편이었어요. 그래서 주변에서 치열하게 돈을 모으기 위해 노력하는 분들을 보면 마음 깊은 곳에서부터 존경스러운 마음과 감탄이 섞인 찬사가 올라오곤 했죠. 최근에 알게 된 젊은 작가분은 밀린 학자금 대출을 상환하기 위해 매달 구독료를 받고 독자들에게 매일 글 한 편씩을 보내시기도 하시더라고요. 건강한 삶의 모습이랄까, 참 멋진 모습이어서 그 작가분의 글마저 매력적으로 다가왔습니다. 텔레비전에서 소개되는 유명 맛집의 사장님들을 봐도 돈을 많이 버는 모습보다는, 뭔가 자신감 있고 당당한 모습이 보기에 참 좋았습니다.

　돈을 버는 일에 약하면 자신감이 떨어진다고 했는데, 돈을 관리하고 운용하는 것마저 알뜰하지 못하면 그때는 자책감이 들곤 하죠. 저는 돈을 지출하는데 너무 무계획적이어서 이제는 고치려는 생각마저 포기하다시피 했어요. 돈이 많아서 걱정 안 하고 펑펑 쓰는 건 결코 아니고요. 단지 '가랑비에 옷이 젖는 줄 모르는' 것처럼, 야금야금 빚이 조금씩 조금씩 늘어나는 형편입니다. 알뜰하게 쓰고 남겨서 저축한다는 일은 언감생심이고요. 적은 돈이라도 허투루 여기지 않고 소중하게 모아뒀다가 목돈으로 만들어서 손자의 등록금에 쓰라며 보태 주시는 저희 어머니 앞에서 항상 죄송하고 송구스럽더라고요. 다름 아닌 그런 분의 자식으로 어쩌면 이렇게 다른 모습으로 지내는지 반성도 많이 했습니다.

계속 이래서는 안 된다는 비장한 생각이 들었어요. 그래서 어느 날은 금전 출납과 관련한 가계부 앱을 남몰래 깔아 보기도 했는데, 한두 달 동안 해보다가 그냥 포기하고 말았습니다. 설명에서는 현명한 소비생활을 도와주는 강력한 예산/통계 기능을 제공한다고 적혀 있었는데 제 마음 깊은 곳에서 현명하고 싶은 욕구가 없거나, 저 같은 게으름뱅이를 고칠 만큼 앱이 강력하지 못했던 모양이에요. 주변에 좋은 본이 되어 주시는 분들이 많은데 제가 그분들을 닮지 못하는 건 돈에 대한 제 마음가짐 때문이라 생각합니다. 돈에 대한 부정적인 생각이 어릴 때부터 뿌리를 내리다 보니 성장하면서도 금전에 관련해서 건강한 가치관을 형성하지 못한 것 같아요.

사업을 하셨던 아버지는 늘 바쁘셨고 가족보다는 일을 우선시하셨습니다. 경제적으로는 여유로웠지만, 가족들 간에 정을 주고받는 점에서는 부족하셨죠. 주변환경에서도 좋은 영향을 받지 못했어요. 번듯한 집에서 사는 사람들의 치열한 암투를 들으면서 고개를 절레절레 흔들었죠. 제 무의식 어딘가에서는 돈이라는 게 인간의 행복과는 무관하고, 오히려 너무 많으면 불화의 소지가 된다는 부정적인 생각이 자리 잡은 게 아닌가 해요.

다행히도 이제는 돈을 건강하게 활용하는 게 정말 중요하다는 걸 알고 있습니다. 몇 년 전부터는 우연한 기회에 기부를 시작하게 되었는데, 돈에 관한 새로운 경험을 하면서 지금까지 계속하고 있습니다. 해가 지나면서 어려운 사람을 돕는 행위를 하면 할수록 뭐라 설명하기 어려운 보상이 뒤

따르는 걸 체험하며 지내고 있어요.

이런 사실을 알게 되면서, 처음에는 쓰고 남으면 기부를 한다는 자세였지만, 이제는 저 나름대로 소액투자금을 적립한 통장을 만들고 그 범위 내에서 주변에 어려운 사람에게 직접 기부를 합니다.

최근에 아버지가 돌아가시고 장례를 치르는데 아버지 친구분들이 문상을 오셨다가 저도 모르는 일화를 전해주셨는데요. 아버지가 사업이 한창 잘 나가실 무렵부터 은퇴하실 때까지 아무도 모르게 강원도 모 고등학교에 장학금을 기부하시며 지내셨다는 얘기였습니다. 아버지에게 그런 면이 있으셨다는 걸 모르고 그저 원망만 하면서 지낸 저 자신이 부끄럽고, 그런 훌륭한 아버지의 아들이라는 사실이 사뭇 자랑스러워지는 순간이었어요.

자기계발서 어딘가에서 '부자들은 좋은 지갑을 가지고 다닌다'는 말을 읽은 적이 있습니다. 돈에 대한 태도가 긍정적이라는 뜻이겠지요. 돈이라는 게 과연 무엇인지 그 본질은 아직 잘 모르겠지만, 꼭 필요한 자리에 놓이게 되면 세상을 아름답고 의미 있게 만들고 무엇보다 돈을 운용하는 사람들에게 돈으로 살 수 없는 '자부심'과 '자긍심'을 선물한다는 걸 깨닫게 됩니다.

바로 이런 자세로 지낸다면, 돈이 우리에게 주는 '두려움'과 '자책감'을 떨쳐 버리고 어느 정도는 당당하게 살아갈 수 있지 않을까요? 평생을 어

려운 사람을 위해 기부를 하시다가 돌아가신 어느 할머니께서 유언처럼
남기신 말씀이 점점 더 크게 와닿는 요즘입니다.

"돈은 똥이야. 쌓이면 악취를 풍기지만 뿌리면 거름이 되잖아."

앞으로 어떻게 살아갈까

열심히 일하면서 지내다가 어느 날 자의 반, 타의 반으로 경력이 단절되는 경우가 있죠. 어렵게 얘기했는데, 쉽게 말하면 백수가 되는 일 말입니다. 다니던 회사가 망하기도 하고, 정리해고를 당하기도 하고, 결혼이나 출산으로 인해 그만두기도 하고, 내가 과연 뭐하면서 사는 건가 하는 자괴감이 들어서 사표를 내기도 합니다. 하던 일을 중단하는 이유는 다양하지만, 그 이후에 느끼는 감정은 비슷합니다.

'앞으로 어떻게 살아가지?'

아무리 지출을 아끼고 줄이더라도 고정적으로 나가야 하는 항목들이 있는 법이고, 이런 항목들을 모두 합쳐서 '최저생계비'라고 부릅니다. 이직에 성공해서 다시 원래의 삶으로 돌아가면 다행이지만, 백수 생활이 장기화가 되면 점점 무력해지고 의욕 상실이 일상화가 되면서 폐인 모드가 됩니다. 어떻게 이 위기를 극복할 수 있을까요?

 개인적으로 저는 살면서 두 번의 위기가 있었어요. 한 번은 제 나이 서른일곱 살 때 사업에 실패하고 1년 반 정도, 그리고 다른 한 번은 최근에 아버지 병간호를 하면서 40개월가량 백수 생활을 했습니다. 경제적으로, 사회적으로 일종의 사형선고를 받고 집행유예를 당하는 셈인데, 심리적 충격이 이만저만이 아니에요. 이게 얼마나 무서운가 하면 마치 배 위에서 미끄러지며 강물에 빠지면서 점점 깊은 바닥으로 가라앉는 기분이 들더라고요. 그때마다 '위기는 결국 위험과 기회를 동시에 포함하고 있는 말이다'라는 생각으로 돌파구를 마련하려고 했습니다.

 처음 사업실패로 인한 위기 때는, 다행히 주변에서 지인 한 분이 프리랜서로 재기를 할 수 있도록 일거리를 주시면서 극복할 수 있었어요. 사업이 잘 나갈 때 비즈니스 관계가 있던 분도 아니었는데 정말 의외였습니다. 그 이후에 제가 틈만 나면 후배들에게 '사람은 어려움에 처하게 되면 비로소 누가 진정한 아군이고 적군인지 알 수 있다'라고 역설하곤 했어요. 그러면서 제가 사업이 망했던 이유 역시, 사람을 보는 눈이 절대적으로 부족했기 때문이라는 사실을 실감하면서 다시는 그런 실수를 저지르지 않으려고 노력하며 지냈습니다.

하나 더 깨달은 것은 혹시라도 물에 빠지게 되는 것 같은 위기 상황에서는 온전히 힘을 빼고 그냥 바닥으로 내려가야 한다는 사실이었죠. 중간에 어설프게 살겠다고 발버둥 칠수록 점점 몸에 힘이 빠지게 되더라고요. 오히려 밑바닥까지 내려가야만 비로소 땅을 딛고 위로 솟구칠 수 있다는 경험을 했습니다. 저를 도와주신 지인은 그 바닥에서 발을 내려놓을 수 있었던 디딤돌 같은 분이었다는 걸 나중에서야 깨달았던 기억이 납니다.

최근에 찾아온 위기 때는 양상이 조금 달랐어요. 나이가 들어 경력이 단절되고 백수가 되면, 젊었을 때와는 달리 주변에서 도움을 주시는 분들이 거의 없습니다. 더 힘든 상황이 벌어지는 거죠. 대출을 받아 버티면서 보다 근본적으로 위기를 극복할 방안을 고민하게 되었어요. 왜냐하면, 앞으로는 인생 2막이기 때문에 상황이 좋아지면 하던 일을 계속해야 할지 아니면 완전히 새로운 일을 시작해야 할지 결정해야 했기 때문이었죠. 편치 않은 시간이 좀 오래 걸렸지만, 온전히 작가로 집중하자고 결정하게 되어 참 기쁩니다.

제가 20년이 넘도록 전념했던 마케팅 기획과 영업 분야에 대한 미련을 완전히 버릴 수 있었던 건, 한 발자국 떨어져 제 모습을 살필 수 있었기 때문이었어요. 남들에게 인정을 받아야만 비로소 자신이 옳다라는 걸 받아들이는 태도, 그런 '인정욕구'가 제 안에 깊이 도사리고 있었던 것 같아요.

돌이켜보면, 학교에 다니면서 모범생으로 부모님과 선생님들에게 칭찬을 받으며 자긍심을 느꼈고, 회사를 운영하고 프리랜서 활동을 할 때에도 클라이언트 회사의 컨펌을 받고 통장에 용역 대금이 입금되어야 비로소 자부심을 느꼈던 기억이 떠오릅니다. 남들에 의해 평가를 받아서 성공이냐 실패냐를 판정하는 사람은, 인정을 받지 못하게 될 때 불안하고 초조해집니다. 흔들리지 않고 꾸준히 자신의 길을 가야 도달하는 곳이 성공이라면, 저는 거기에서 많이 벗어난 자세로 사회생활을 했던 것이죠.

미련을 버리고 후회 없는 결정을 하기 위해서는, 뼛속까지 내려가서 자신의 모습을 성찰해야 가능한 것 같습니다. 혹시 새로운 길을 모색하시는 분들이 계신다면 너무 초조하게 여기저기 쫓아다니시는 것보다, 차분하게 자신을 한번 돌아보시면 좋겠습니다. 물론 숨 막히는 상황과 앞길이 막혀서 막막한 상태를 몰라서 드리는 말씀은 아닙니다. 저는 경력이 끊어지는 두려움 못지않게 문제를 해결하지 않고서 경력이 계속 지속되는 상황도 그리 좋은 일은 아니지 않겠느냐는 말씀을 드리고 싶은 것입니다. 새 술을 담기 원하신다면, 부대를 돌아보고 수선하고 보강하면서 자신에 대한 믿음을 가지고 버티셨으면 좋겠어요. 준비하며 기다리는 사람에게 기회는 반드시 찾아오더라고요.

#3-4
비록 유리 멘탈일지언정

요즘 저는 지출을 줄여 보겠다고 시내를 다닐 때면 자동차를 타고 다니는 대신에 대중교통을 이용하는데요. 버스나 지하철에서 승객들을 대하면서 예전과는 달리 좀 살벌한 느낌이 들어서 내심 많이 놀라곤 해요. 시대가 각박해지면서 모두 마음의 여유가 없어졌는지 고슴도치가 가시를 세우듯 뭔가 모를 적대감 같은 기운이 몸에서 몸으로 전달되곤 합니다. 정확히 얘기하자면, 상대방을 공격하겠다는 의도보다는 자신이 피해를 받지 않겠다고 움츠리면서 묘한 방어막 같은 걸 두르고 있다 보니 그런 막과 막이 부딪히면서 파열음이 나는 것 같아요.

몇 해 전부터 극장가에 헐리웃 슈퍼히어로 시리즈가 대유행인 것도 혹시 제가 느끼는 이런 감정을 기반으로 흥행몰이를 하는 건 아닐까 하는 생각을 해 봅니다. 저처럼 부당함을 느끼면서도 거기에 대항해서 맞서는 대신 그냥 침묵하고 넘어가야 하는 평범한 사람들이, 자신들의 처지가 답답해서 영웅들의 이야기를 듣고 보면서 대리만족을 느끼는 건 아닌지도 모르겠네요. 자신이 주인공이 되어 부조리하고 부패한 빌런(악당)들을 물리치고, 위험에 처한 세상을 영웅들과 함께 구하는 느낌을 받게 되니까요. 이 순간, 악당들은 우리가 삶의 현장에서 매일 마주치고 부딪치는 사람들이고, 우리에게 고통을 주는 누군가로 대치되곤 하겠죠.

이렇게 많은 분이 영화를 보면서 나름 스트레스를 해소하며 지내고 계시지만, 불행히도 저는 슈퍼 히어로 영화를 그다지 좋아하진 않습니다. 좋게 표현하면 섬세하고, 정확하게는 예민한 저와 너무 달라 보이는 강인한 주인공 캐릭터에 감정이입 하기가 어려워서요.

이미 눈치를 채셨겠지만, 저는 '유리멘탈'의 소유자입니다. 사람마다 얼굴이 다르듯이 보이지 않는 곳에 숨겨져 있는 신경계도 모두 천차만별인데, 부모님으로부터 받은 신경계가 하도 예민해서인지 주변 사람들에게 그런 평가를 받고 지낸 지가 한참이나 됐어요. 어떤 분들은 그런 제 성격을 부러워하며 제 강점이라고 말하기도 하고, 다른 분들은 오히려 그런 성격이 사람들과 어울리고 지내는 데 있어 도움이 되지 않는다며 걱정을 해주시기도 합니다. 그런저런 남들의 평가를 떠나서 제가 좀 피곤한 삶을 살아가는 건 사실인 것 같아요.

예민하고 섬세해서 관찰력도 뛰어나고 배려도 남다른 점은 좋은 일이지만, 심리적인 충격을 견디지 못하고 너무 쉽게 정신력이 무너지고 부서져서 기운을 차리지 못하는 점은 큰 단점입니다. 타고난 성격이니 다시 어머니 뱃속으로 들어갔다가 나올 수도 없는 노릇이어서, 어찌 됐든 끌어안고 가야 할 저의 한 부분이겠지요. 어떻게 하면 단점을 극복하고 보다 건강한 삶을 이끌어 갈 수 있을까 고민이 됩니다. 가뜩이나 자존감이 낮은데 멘탈이 부서지고 나면 견디기 힘들거든요.

젊었을 때는 '투박한 질그릇이 아니라 깨지기 쉬운 유리잔에 귀한 와인 wine이 담기는 법이다'라고 합리화하며 성격을 바꾸지 않으려고 했어요. 사실 섬세한 사람들은 남들보다 보고 느끼는 부분이 좀 남다른 건 사실이거든요. 자기 자신은 물론이고, 타인들을 관찰하는 데 있어서 보다 고해상도 렌즈를 동원하다 보니 성찰이나 비평을 잘하는 편입니다. 그렇게 장점이 분명 존재하는 성격을 굳이 바꾸고 싶지 않았습니다.

문제는 그다음에 겁을 집어먹는 경우가 많다는 점이에요. 고려해야 하는 경우의 수가 많아지고 복잡해지면서 선뜻 용기를 내지 못하는 일도 많습니다. 정면승부에 약하다고나 할까요. 부서지기 싫으니까 도망을 치는 데 익숙해지죠. 마치 DC코믹스에서 배트맨이 아울맨에게 "너와 나는 모두 심연을 들여다보았지만, 심연과 눈을 마주쳤을 때 너(아울맨)는 겁을 집어먹었지."라고 읊조린 대사와 비슷한 상황입니다.

솔직하게 고백하자면 저는 저 자신의 불완전한 내면과 세상의 부조리를 보면서 겁이 났고, 그 때문에 염세적이고 비관적인 태도로 세상을 살아왔던 것 같아요. '아울맨'이란 악당도 아마 그렇게 흑화가 되지 않았나 합니다.

이제는 더는 그런 삶을 살아갈 수가 없게 되었습니다. 그건 바로 제 사랑하는 아이들 때문입니다. 우리 아이들이 험한 세상을 헤쳐나가려면 부모가 강한 멘탈로 동반자의 삶을 살아야 하기 때문입니다. 험한 산을 인도하는 셰르파가 등반인보다 약하다면 도움이 되지 못하고 오히려 거추장스러운 존재가 되지 않겠습니까?

깊은 사랑을 받게 되면 힘이 생기고 깊은 사랑을 하게 되면 용기가 난다고 했는데, 이제부터라도 '강화유리'나 '방탄유리'가 되려고 합니다. 헐리웃의 슈퍼 히어로처럼 세상을 구하고 지구를 지키는 건 어렵더라도, 앞으로 여력이 허락하는 한 이 세상에서 제가 가장 사랑하는 우리 아이들만큼은 보호하고 싶다는 바람이에요.

예전에 시청자들에게 많은 사랑을 받았던 〈모래시계〉라는 TV 드라마가 있는데요, 거기에 헐리웃 영화 못지않게 멋진 대사가 하나 나옵니다. 극 중 '강우석'이란 검사가 대학교에 들어가서 다른 학생들이 학생운동에 가담하지만 홀로 강의실에 남아 공부에 매진하면서 자신의 아버지께 편지를 씁니다. '아버지께서 그러셨죠? 세상에서 이루어야 할 목표 하나와, 지켜주어야 할 사람 하나만 있으면 된다고…. 지금 제가 그 말뜻을 이해할 것 같습니다.'라고요. 과연 여러분들께서 이루고 싶은 뜻은 무엇이고, 지켜주고 싶은 사람은 또 누구인지 궁금합니다.

3-5
뭔가에 중독되는 진짜 이유

예전에 친구들과의 저녁 식사 자리에서 누군가 자녀들의 스마트폰 중독 증상에 관하여 고민을 털어놓은 적이 있어요. 그러자 마치 기다렸다는 듯이 거기에 공감하며 맞장구를 치는 인원들이 늘어나면서 각기 나름의 해법들을 제시했지만 결국 근본적인 대책은 없어 보인다는 내용으로 마무리되었던 기억이 납니다. 스마트폰이나 게임 중독이 비단 어린아이들만의 문제일까요?

조금만 관심을 가지고 주변을 둘러보면 사방에서 우리를 유혹하는 것들이 넘쳐나는 걸 볼 수 있는데요, 한번 발을 들여놓으면 빠져나오기 힘든 SNS, 게임, 드라마, 쇼핑, 음주, 도박 같은 것들 말입니다. 다행히 저는 거기에 빠져 시간이나 비용을 탕진하는 일은 거의 없지만 유독 한가지, '담배'에서만큼은 고개를 들 수 없는 형편이에요.

하루에 한 갑 이상을 태우면서 늘 머릿속에서는 끊어야지 하는 생각이 떠나지 않고, 6개월마다 정기적으로 검사를 맡아주시는 심장병 전문 주치의 선생님께는 갈 때마다 금연에 대해 간곡한 당부 말씀을 듣습니다. 백해무익한 줄 알면서도 제 의지대로 그만둘 수 없는 모습을 보자면, 아무리 변명하고 싶어도 제가 흡연중독임을 부인하기가 어렵네요.

일종의 변호를 좀 하자면, 제가 처음 담배를 배우기 시작했을 때가 정신적으로 힘들었던 재수 시절이었어요. 단순한 호기심으로 시작한 건 아니었는데요, 무시무시하게 느껴지는 대입고사의 압박감을 그나마 '후'하고 내뱉는 담배 연기에 실어 조금이나마 극복할 수 있었어요. 부모님이나 친구들한테 털어놓지 못할 고민이 쌓여서 안절부절못하던 날에는, 혼자 강변에 나가서 흐르는 강물을 우두커니 바라보며 담배를 태우며 시간을 보내기도 했고요. 제가 가장 힘들었을 때 그래도 유일하게 제 옆에서 자리를 지키며 함께 해준 담배에 대한 동지애 같은 것이 있다고나 할까요?

하지만 건강을 위해 금연을 차일피일 미루는 모습이 안 되겠다 싶어 금연 관련 자료들을 살피고 보조제를 사용해 보았습니다. 그때 알게 된 사실이 흡연중독을 포함해서 대부분의 중독 증상이 '보상시스템'과 관련이 있다는 걸 알게 되었습니다. 간단히 설명하자면, '보상'을 잘 활용하면 중독이라는 반복행동을 조절할 수 있다는 것입니다.

아이들의 스마트폰 중독의 경우를 예를 들자면, 아이들의 보상 욕구는 '자신의 행동에 긍정적이고 즉각적인 반응을 보여주고 어떤 순간에도 자신을 바라봐주는 대상을 바란다'인데, 이러한 보상을 부모가 아니라 스마트폰이 제공해 주기 때문에 만족감을 느낀다는 내용입니다. 그래서 부모가 '아이의 생각을 온전하게 들어주는 시간'과 '아이와의 사소한 눈 맞춤의 시간'을 늘려가면 자연스럽게 아이들이 스마트폰을 멀리할 수 있다고 하네요. 갈망을 지닌 아이들에게 중요한 건, 스마트폰이 아니라 관심과 지지를 받고 싶은 욕구인 것입니다.

그렇다면 흡연을 통해 제가 보상받고자 하는 욕구, 상황을 주체적으로 조절하지 못하고 대상에 절대적으로 의존하면서도 거기에서 벗어나지 못하게 만드는 강렬한 열망이 무엇일까, 자문해봤습니다. 깊은 고민 끝에 제가 발견한 대답은, '지독한 외로움에서 벗어나고 싶다'였습니다. 대부분의 금연 성공자들은 음주하는 동안에는 다시 흡연 충동을 느낀다고 하는데, 저는 반대로 사람들과 어울려 술을 마실 때 담배를 피우고 싶은 생각이 거의 들지 않더라고요.

해결의 실마리가 보이는 것 같았습니다. 그동안 담배를 통해서 외롭다는 문제를 해결하려고 했다면, 이제부터는 저의 외로움을 건강하게 극복해나가면서 개선해볼 생각입니다. 물론, 오랜 시간 동안 방바닥에 찐득하게 눌어붙은 커피 자국 같은 나쁜 습관을 단번에 해결하는 게 쉽지만은 않겠죠.

그래도 희망을 놓지는 않으려고 합니다. 적어도 제가 저 자신을 골방에 몰아넣고 그 아픔에 귀를 기울이지 않고 눈길조차 주지 않았던 지난 시절은 더는 없을 테니까 말이죠. 너무 오랫동안 방치를 해서 죽을 만큼 외롭다는 괴로움으로 담배에 중독된 저 자신에게 앞으로는 든든한 친구가 되어주기로 다짐해 봅니다. 이런 제 고백을 들으시는 여러분 중에 혹시라도 무엇인가에 중독된 건 아닐까 하는 자성의 목소리를 들으시는 분이 계신다면, 자신의 내면에서 진정으로 원하는 보상이 무엇일지 한 번쯤 생각해 보는 시간을 가지시길 바랍니다.

#3-6
수조에서 벗어나기

　이 챕터의 처음에서 '만약 우리가 수조 속의 생선과도 같은 처지라면 우리는 어떤 삶을 살아야 행복할까요'라는 질문을 드렸는데 기억이 나시나요? 그에 대한 제 해답을 드리기로 약속하고 그전에 수조 속에서 우리를 위협하는 이런저런 위협들에 대해서 먼저 살폈는데요. 이제 여기서 제가 찾은 답변을 말씀드리려고 합니다.

　제가 생각하는 답은 '수조에서 벗어나는' 삶입니다. 물고기는 태생이 바다인데 수조에 잡혀 들어와 있는 한, 애초에 진정한 행복이란 불가능 하지 않을까요? 우리의 모습을 돌아봐도 가족과 직장과 사회의 규범들에 갇혀 우리의 정신은 점점 '이끼'가 나고 있는 건 아닐까 해요.

수조는 누가 만들었을까요? 혹시 제도권 교육에 순응하며 우리 스스로가 자기 자신에게 지워 놓은 굴레가 아닐까요? 인식의 틀에 갇히고, 반복된 일상의 행동에 몸이 맞춰지고, 새로운 시도와 탐험은 여행사의 할인 패키지와 백화점의 특별세일에 맡겨 소비합니다. 소비에는 진짜 활력이 없어요. 위험이 없기 때문이죠. 새로운 영역을 개척하는 데서 자신의 한계가 극복되고, 인식의 지평이 넓어지는 데서, 그리하여 마침내 우리가 무엇을 하든 거리낌이 없게 되는 데서, 바로 그곳에서 우리는 진짜 자신이 살아있다는 '활력'을 만나게 될 수 있다고 생각합니다.

그렇다면, 수조에서 어떻게 벗어날 수 있을까요? 네, 답은 우리 모두 알고 있습니다. 자신의 내면에서 깊이 원하고 있는데, 차일피일 미루고 있는 바로 그 일을 하면 됩니다. 사실 자신의 한계를 넘어서는 일은 하기 전에는 납덩이처럼 무겁게 느껴지지만, 막상 실행을 해보면 깃털처럼 가볍고 홀가분하다는 걸 해본 사람은 알고 있어요. 그건 마치 야외 유원지에서 번지점프를 하는 것과도 비슷합니다. 미국 대공황 시절, 대통령에 취임했던 프랭클린 루즈벨트가 "우리가 두려워해야 할 유일한 것은 두려움 그 자체다."라고 연설하며 뉴딜정책을 이끌었고, 가까이는 국정농단을 심판해야 한다며 광화문에 촛불을 들고 모였던 우리 자신이 경험한 일이기도 합니다.

제가 알고 있는 지인분의 사례를 잠시 얘기해 드리고 싶네요. 그분은 젊은 나이에 일찍이 결혼해서 남편을 따라 캐나다로 이민을 갔습니다. 처음에는 행복한 날들이 이어지다가, 남편의 사업이 여의치 않게 되자 남편은 외도를 하며 밖으로 돌면서 방황하게 되었다고 하네요. 함께 모시고 갔던 시어머니마저 병을 얻어 자리에 눕게 되고 그분은 병시중을 드느라 집에서 꼼짝 못 하면서 한편으로는 두 명의 아이를 혼자 키워야만 했습니다. 언어도 안 통해서 답답한 심경을 토로할 친구도 없다 보니, 점점 우울 증상이 오면서 밤에 술을 한두 잔이라도 안 마시면 잠도 못 이룰 지경이 됐다고 해요.

그분의 유일한 낙은, 매일 밤 팟캐스트 방송에서 어느 유명한 철학과 교수께서 청취자의 사연을 듣고 조언을 해주는 코너를 듣는 것이었답니다. 거기에 나오는 사연의 주인공들이 자신과 비슷한 처지에 놓여 있고, 심지어는 더욱 나쁜 경우도 있었기 때문에 듣다 보면 위안이 되었답니다.

그러던 어느 날 그 철학 교수님께서 캐나다로 강연을 하러 오셨다는 뉴스를 접하고, 고민에 빠지게 되었다고 해요. 잠시라도 집을 비우면 불안해서 엄두가 나지 않으면서도, 마음 한편에서는 너무나 강렬하게 그곳에 가고 싶다는 갈등이 생긴 거죠. 차로 운전해서 3시간이 넘게 걸리는 곳이어서 부담이 되는 데다, 설상가상으로 당일 아침에 폭설이 내려서 집 앞에는 사람 키만큼이나 눈이 쌓였다고 합니다.

어찌할 바를 모르고 발만 동동 구르다가, 마침내 아이들의 손을 잡고 양옆으로 눈이 쌓여 올라간 긴 터널 같은 길을 걸으면서 내면에서 크게 울리는 소리를 들었답니다. '이렇게 그냥 가면 되는 거였구나…'라고요.

그날 이후 차근차근 귀국 준비를 하는 과정에서 시어머니가 돌아가셨고, 지금은 아이들을 데리고 국내로 혼자 돌아와서 이혼소송을 대비하며 지내고 계십니다.

그분께서는 스스로 만든 자신의 한계를 하얀 눈으로 높이 쌓아 올린 담벼락으로 표현하셨는데, 제 경우에는 젊었을 때 허공에 서 있는 강철 담벼락처럼 보인 적이 있어요. 대학 졸업 후 대기업을 다녔는데, 어느 순간부터 매일의 업무에서 계속해야 할 의미를 발견하지 못하게 되었습니다. 저를 아는 모든 사람이 부러워하고 격려해 주는 자리였지만, 저에게는 젊은 나이에 너무 일찍 안정이 주는 편안함에 빠져 매너리즘을 느끼며 남모를 고민을 하고 지냈죠.

제 마음 깊은 곳에서 '이건 아니다, 더 늦기 전에 하고 싶은 분야의 일에 도전해야 한다'는 소리가 점점 크게 들려왔지만, 그런 제 눈앞에는 크고 육중한 철문이 가로막고 있는 게 보였던 기억이 납니다. 결국, 3년 반 동안의 대기업 생활을 정리하고 회사를 나오면서 제 앞에 놓였던 강철 담벼락은 허상이어서 앞으로 나아가도 그냥 통과된다는 사실을 체험했어요. 얼마나 후련하고 시원했던지 그때의 기분을 아직도 생생하게 느낄 수 있어요.

이제 나이가 들어서, 인생 2막을 준비하고 있는 요즘 저는 다시 한번 그때 봤던 강철 담벼락을 봅니다. 지금은 수조라고 말씀드리고 있는 그 장벽 말이죠. 제가 이번에도 그 한계를 넘을 수 있을지 걱정이 되지만 그 래도 희망을 느끼며 지내고 있습니다.

혹시라도 이미 한번 경험을 한 사람이 왜 이렇게 엄살을 피우냐고 질문 하신다면, 이번에 제가 벗어나고 싶은 한계의 벽이 예전보다 정교하고, 두 텁고, 무시무시하게 진화해서 다가온다고 말씀드리고 싶네요. 이를테면, 그 벽들은 관습, 노화, 죽음 같은 것들이어서 한번 번지점프를 했던 사람 이라도 다시 두려움을 느끼기에 충분하다는 뜻입니다. 아니, 번지점프 정 도가 아니라 날아가는 비행기에서 아래로 뛰어내리는 스카이다이빙으로 표현하고 싶을 정도로 말이죠. 이제부터 그 얘기를 좀 하기로 할까요?

3-7
관습을 넘어서는 중입니다

지금 이 시대가 바라고 원하는 것은 구태의연한 전근대적인 적폐들을 청산하고 상식이 통하는 합리적인 사회를 만들어 가는 일이 아닐까 하는데요. 제게는 개인적으로 시대착오적인 오류에 쉽게 빠질 수 있는 태생적 배경이 있습니다. 그건 바로 제가 유교적 농경사회의 최대수혜자인 '종갓집 종손'으로 태어났다는 사실입니다.

남존여비까지는 아니어도 남아선호 사상의 분위기가 어릴 적부터 집 안에서 자연스럽게 흘렀기 때문에 저는 저도 의식하지 못하는 사이에 여성을 존중하는 태도를 몸에 붙이지 못하고 자랐어요. 어머니나 여동생을 대하는 자세도 일종의 특권을 가진 자가 아랫사람에게 베푸는 시혜적인 범위에서 벗어나지 못했기 때문에, 요즘 한창 사회적으로 이슈가 되고 있는 페

미니즘이나 여성 인권 문제 앞에서는 솔직히 당당하게 토론에 참여할 자신이 없는 게 사실입니다. 그렇다고 마냥 외면할 수도 없는 게 제 아내와 딸아이의 장래가 걸린 문제이기 때문에, 제 안에 뿌리 깊게 자리 잡은 전근대의 어두운 그림자를 걷어내려고 노력해야 하는 상황이죠.

그래도 희망적인 건, 광화문 촛불만큼은 아니어도 저희 집안에서 몇 년 전에 작은 변화의 불꽃이 타오른 사건이 있었어요. 어머니께서 종갓집 며느리로서 젊은 시절부터 평생을 일년 내내 제사 준비 하시느라 고생을 하시다가 어느 날 폭발을 하셨습니다. 육체적인 노동이야 어떻게든 견뎌낼 수 있었는지 모르겠지만 여자라는 이유로 정당한 대우를 받지 못하시는 부분은 세월이 흐르면서 울분으로 쌓이고 쌓이다가, 더는 못하겠노라고 선전포고를 하시고 완전히 손을 놓으셨던 거죠.

아버지는 불편한 기색을 숨기지 않으셨지만 저는 어머니의 몸과 정신이 너무 황폐해진 결과라는 생각이 들어서 적극적으로 어머니를 응원했습니다. 그렇게 어머니께서 지긋지긋한 고생에서 벗어나신 건 좋았는데, 대신에 제사를 지내는 일이 저에게 넘어오게 되었어요.

일단 사태를 수습하려고 제사를 받긴 받았고, 나중에 부모님께서 돌아가시면 자연스럽게 없애야겠다고 생각했는데, 제 아내를 포함한 며느리들의 고생이 또 눈에 밟히기 시작했습니다. 문화와 제도는 시간이 흐르면 자연스럽게 시대의 흐름에 따라 좋은 방향으로 변하기도 하지만, 의지를 가진 인간이라면 잘못되었다고 느껴지는 부분을 개선할 의식과 능력도 있다고 생각했어요.

용기를 내서 아버지께 건의를 드렸죠. 할아버지와 할머니가 묻혀 계신 서울 근교 가족 추모 공원에서 명절 시작되는 일주일 전에 큰 집, 작은 집 사촌들과 자녀들 모두 참석해서 간략하게 의식을 치르겠다고요. 아버지께서 반대가 심하시지 않을까 걱정했는데 뜻밖에도 승낙하시더군요. 수백 년을 내려오면서 켜켜이 쌓인 관습과 전통이라는 빙하의 벽이라도 결국 현재를 살아가는 후세의 행복과 안녕 앞에서 봄 눈 녹듯이 녹아내리는 걸 봤습니다.

자식 사랑이 남다르셨던 아버지와 자신에게 닥친 부당한 대우에 맞서 싸우신 어머니 덕분에, 요즘은 탁 트인 야외 추모 공원에 모여 조상님께 인사를 드린 후 식사 장소로 이동해서 서로 즐겁고 활기차게 살아가는 이야기를 합니다. 합의가 이루어진 변화는 거기에 참여했던 모든 사람에게 혜택을 공정하게 나누어 준다는 사실을 배우게 된 뜻깊은 사건이었습니다.

관습과 관련해서, 최근에 아주 흥미롭고 재미있는 책을 한 권 읽었어요. 〈나는 지방대 시간강사다〉의 김민섭 저자께서 이번에 〈훈訓의 시대〉라는 신간을 내셨는데요, 거기 보면 전국 국공립 고등학교의 '교훈'과 '교가'를 전수조사해서 가장 많이 쓰이며 학생들에게 권장하고 있는 덕목들이 나옵니다. 여학교의 경우, '순결, 정숙, 예절, 배려, 사랑, 겸손' 등이 나오는데 이게 모두 학교가 만들어졌던 수십 년 전에 확정되면서 지금까지 그대로 내려오고 있었습니다. 그 당시에는 사회적으로 문제없이 사용되었을지 몰라도 이제 시대가 바뀌면서 새로운 내용으로 계승, 발전해야 하는데 그게 생각처럼 쉽지 않은 것입니다. 누가 봐도 분명히 문제라고 느껴야 할 텐데, 그냥 무심하게 지나치면 별일 아닌 것으로 치부되면 문제를 제기하는 것 자체가 어려운 거죠. 관습이란 게 그만큼 무서운 것이라는 생각이 들어요.

그 책에 보면, 원주여고의 이야기가 나옵니다. 1945년에 설립된 그 학교의 교훈이 '참된 일꾼, 착한 딸, 어진 어머니'였답니다. 최근 학생회와 교장 선생님 이하 교사들께서 이 교훈이 지금 시대에 부합되는 내용이 아니라고 여겨서 찬반투표를 한 결과, 교훈을 새롭게 바꾸는 의견으로 통과되어서 새로운 교훈을 공모하기에 이르렀는데요. 어느 날 이 학교의 교정에 전세버스가 와서 멈추더니 그 안에서 초기 졸업생들께서 내리시더랍니다. 나이 90이 다되신 할머니들께서 교직원을 찾아오셔서 소중한 전통을 깨면 안 된다며 눈물로 호소하셨고, 결국 교훈을 바꾸는 일은 원점으로 돌아가 버렸다고 합니다. 그분들은 지난 과거의 자신들이 부정되고 역사에서 지워지는 느낌을 받으셨을지도 모르겠습니다. 그런 감정을 충분히 이해할 수 있지만, 그래서 변화하지 못한다면 아쉬움이 큽니다.

어느 시대에서와 마찬가지로 요즘 관습이나 가치관을 놓고 나이 든 사람들과 젊은 층 사이에 세대갈등이 한창입니다. 저도 어느새 기성세대로 편입되면서 어떻게 지내야 할지 고민을 하고 있었는데, 뒤늦게 심리학 공부를 시작한 친구가 어느 날 저에게 '동시대의 법칙'에 대해서 설명해주더라고요. 세대 차이보다 더 강하게 영향력을 미치는 것이 같은 시대의 정신을 나누고 살아간다는 것인데요. 알기 쉽게 설명하자면 지금 20대 청년들이 조선 시대의 20대 동년배와 대화가 잘 통할 것 같지만 시대가 다르기 때문에 그렇지 않고, 오히려 같은 시대를 살아가는 50대 아재들과 대화가 잘 통한다는 것입니다. 친구의 말 덕분에, 누가 규정했는지도 모르는 세대 차이를 운운하면서 젊은 사람들과 대화를 단절하며 살아가는 것이 얼마나 편협하고 옹색한 자기변명인가 하는 생각이 들었습니다.

앞서 말씀드린 〈훈의 시대〉라는 책에는 원주여고처럼 관습을 바꾸는 일에 실패한 사례도 나오지만, 반대로 성공한 사례도 나오더라고요. 강화여고의 교가 후렴구에 '여자다워라~'라는 가사가 반복되는데 학생들과 학부모들, 그리고 선생님과 졸업생 모두가 합의해서 시대에 적합한 가사로 바꾸었다고 하는 내용을 보면서 분명히 희망이 있다는 것을 알았습니다. 비록 제 몸 안에는 어쩔 수 없이 구세대의 통념과 가치관이 흐르고 있겠지만, 이 시대의 새로운 흐름을 고민하면서 잘못된 관행과 관습을 고치려는 분들의 노력에 동참하려고 합니다

#3-8
노화와 맞서는 중입니다

시간이 흐르면서 의식도 변화하고 역사도 좀 더 좋은 방향으로 진보한다는 낙관론으로 세상을 살아가고 있지만, 거울을 통해 점점 늙어가는 제 모습을 바라볼 때면 의식처럼 그렇게 꼭 희망적이지는 못한 것이 현실입니다. 젊었을 때는 스트레스가 쌓이고 기분이 울적할 때면 주저하지 않고 차를 몰고 드라이브를 하며 기분전환을 하곤 했는데, 나이가 들어 힘에 부치는 요즘은 차를 몰고 염두에 두었던 곳으로 향하다가도 다시 핸들을 돌려 되돌아오는 일도 허다하더라고요.

어디 비단 즐기던 운전뿐일까요? 육체적으로 쇠락하는 현상을 겪으면 그 충격이 미처 상상하지 못한 느낌으로 다가오는데요, 최근에는 어쩌다가 포르노를 봐도 별다른 감흥이 없게 되면서 위기가 느껴지더라고요. 이쯤 되면 수조에서 뭘 어떻게 하면서 살아야지 정도가 아니라 수조 자체가 부서져 내리는 위기감입니다.

정말로 중년에게 성性적으로 휘청하는 느낌은 당해보지 못한 분들에게는 뭐라 설명하기 어렵습니다. 찬란하고 굳건하기만 할 것 같았던 젊음이란 성城이, 담벼락에 금이 가면서 무엇인가에 함락당할 것 같은 불안함이죠. 즉각적으로 섹스에 대한 우려감이 들면서 성벽의 한쪽 기둥이 흔들리는 걸 체험하게 됩니다. 이제 좋은 날은 가는 건가, 드디어 올 것이 왔는가 하는 생각이 드는데, 뒤이어서 따라오는 게 후회와 탄식이에요.

지금 이대로 살면서 앞으로 많은 돈을 벌지 못하고 죽더라도, 혹은 높은 자리에 오르지 못하고 삶을 마감하더라도 그런 일들은 크게 미련으로 남지는 않을 것 같아요. 하지만 젊은 청춘 남녀가 다정하게 손을 잡고 길을 걷거나 함께 차를 마시는 모습을 보고 있노라면, 다시 오지 못할 날들에 대한 아쉬움이 아주 크게 다가옵니다.

만약에 다시 태어난다면, 다시 사랑하게 된다면 그때는 지금에서야 깨닫게 된 소중한 것들을 함께 나누고 싶습니다. 사랑하는 사람 앞에서 조금 더 겸손하게 대하고, 조금 더 배려하며 얘기를 들어주고, 조금 더 다정하게 바라보고, 조금 더 존중하며 의견을 구하고, 조금 더 아껴주는 마음으로 그의 머릿결을 쓰다듬어 주고 싶습니다.

그래서 다음 세상에서는 그렇게 아름답게 살더라도 이 세상에서 남은 시간 동안 어떻게 지내야 할지를 차분하게 생각해 봅니다. 지금 제가 처한 상황처럼 이러지도 저러지도 못하는 난감한 상태를 가리켜, '딜레마'라고 하는데요, 여기에 잘 맞는 아주 유명한 딜레마가 하나 있어서 소개할까 합니다.

혹시 '스포츠카의 딜레마'라고 들어보셨는지 모르겠네요. 남자들의 로망인 스포츠카를 남자들은 평생 탈 수가 없다는 내용입니다. 즉, 젊어서는 돈이 없어서 스포츠카를 사지 못하고 나이가 들어 돈을 모았을 때는 스포츠카에 어울리지 못해서 타지 못한다고 하네요. 모든 딜레마는 이를 풀어낼 수 있는 해법 역시 존재한다고 합니다. 어떤 이들은 태어날 때 금수저를 물고 태어나면 된다면서 너스레를 떨겠지만, 제가 여기서 제 아쉬움을 달래기 위한 해법으로 제시하고 싶은 방법은, 〈중고차 사랑하기〉입니다.

스포츠카를 빛나는 청춘이라고 가정하면, 이 나이에 스포츠카를 사야겠다는 허황된 욕심에 사로잡히지 말고 현실적으로 현재 나와 함께 하고 있는 중고차, 즉 늙어가는 육체에 집중하자는 뜻입니다. 공교롭게도 제가 실제로 중고차를 운행하는 오너인데요. 이전에 신차를 타고 다닐 때는 느끼지 못했던 차에 대한 애정이 깊어졌습니다. 중고차는 신차에 비해 경고등에 불이 자주 들어옵니다. 여기저기 크고 작은 문제가 생기는 경우가 많아서 처음에는 무척 짜증이 났죠. 지금은 경제적으로 어려워서 어쩔 수 없이 타고 다니지만, 언젠가는 돈을 많이 벌어서 다시 멋진 신차를 장만하겠다고 다짐하곤 했어요.

그런데, 시간이 지날수록 중고차가 점점 각별하게 느껴지게 되더군요. 수리를 맡기면서 정비사에게 이런저런 설명을 들으면서 점점 제 차에 대한 이해가 높아지고, 관심을 기울이는 시간이 늘어날수록 소중하게 여기는 마음도 커졌습니다. 마치 〈어린 왕자〉가 여행을 하면서 소행성 b612에 남겨 두고 온 장미꽃의 소중함을 비로소 알게 된 것처럼 말이죠. 나이가 들어 몸이 점점 시들어가더라도, 이를 외면하거나 거부하지 말고 오히려 더욱 관심을 가지고 애정을 담아 보살펴야겠다고 생각합니다. 젊었을 때는 다른 사람에게 보여주고 과시하려고 운동을 하고 꾸미기도 하고 그랬지만, 실은 매우 소모적으로 제 몸을 대했던 게 사실입니다. 마치 우리가 신차가 처음 생겼을 때 그러듯이 말이죠. 자신의 현재 모습은 영원히 계속될 거라 여기면서 귀하게 대하지 않고 자기보다 더 나은 어떤 것들을 갈구하며 지내는 것이 청춘의 특권이라면, 있는 모습 그대로의 자기 자신을 받아들이며 작은 것들을 가꾸는 일의 소중함을 알게 되는 것이 나이 든 사람의 여유라고 말하고 싶습니다.

요즘 '유발 하라리'의 〈사피엔스〉를 비롯한 연작 시리즈를 읽으면서 든 생각 하나가 있어서 마무리로 그 얘길 하려고 합니다. 어떤 분들은 생명공학의 눈부신 과학적 성과로 인해, 암을 비롯한 불치병도 사라지고 인공 신체 기관의 도입으로 육체적 노화는 어차피 극복될 사항이니 너무 걱정

할 필요는 없을 것이란 낙관론을 말씀하시던데요. 저도 어느 정도 그 의견에 동의합니다. 언젠가는 저와 같이 갱년기 장애를 거치는 사람들에게도 젊은 시절 활기찬 정기를 회복시켜주는 과학적 성과물들이 상품이 되어서 나오고 그걸 구매하면 청춘을 돈으로 다시 살 수 있는 날이 올 수도 있다고 생각합니다.

하지만 물리적이고 신체적인 부분만 업그레이드가 된다고 해서 진정한 행복이 찾아올지는 잘 모르겠어요. 그건 마치, 낡은 시계를 최첨단 신소재로 바꾸면서 고장이 난 바늘까지는 고치지 못하는 바람에 하루 딱 두 번만 맞는다거나, 혹은 최신식 스마트폰을 장만하고서 내비게이션 업데이트에 게을러서 완전히 엉뚱한 곳으로 길을 안내받는 코미디 같은 상황이라고 생각해요. 우리의 육체처럼 겉으로 보이는 부분들이 낙후되는 것도 막아야 하지만, 보이지 않는 정신도 늘 새롭게 갈고 닦으며 지내야겠다고 다짐을 해봅니다.

#3-9
죽음을 예비하는 중입니다

나이 50이 넘도록 살면서 누군가의 죽음을 직접 목격한 적이 없었어요. 전쟁, 사고, 천재지변 등을 직접 겪지 않았기 때문에 타인의 죽음은 말할 것도 없고, 친가/외가 조부모님들도 제가 어렸을 때 모두 돌아가셔서 시신을 뵐 일이 없었죠.

그러다가 최근에 아버지의 임종을 지키게 되어 난생처음으로 눈앞에서 죽음을 접했습니다. 살면서 아주 가끔, 그런 경우에는 과연 어떤 감정이 들게 될지 궁금하긴 했는데, 막상 실제로 그런 일이 닥치게 되고 그 대상이 하필이면 아버지가 될 줄은 꿈에도 상상하지 못했어요.

죽음이 주는 위력은 생각보다 더 강렬했습니다. 영화나 드라마에서 매우 무섭고 공포스럽게 묘사되는 이미지로가 아니라, 끝도 안 보이는 깊은 우물 같은 곳에서 뿜어져 나오는 것 같은 어떤 기운으로 살아있는 사람을 압도하는 걸 실감했습니다.

장례를 치르면서 빈소를 지키는데, 환한 조명과 따뜻한 보일러로도 죽음의 기운을 이기지 못하더라고요. 그리고 그런 암흑의 기운은 바로 망자가 세상과 사람들로부터 영원히 끊어져 나가는 절대 고립, 망亡과 멸滅의 실체라는 걸 똑똑히 알게 되었습니다. 사랑하는 이를 떠나보내 드려야 하는 남은 자들은, 한없이 두렵고 허망하고 비통함에 빠져드는 것을 금할 수가 없었습니다.

아버지께서 돌아가시기 전 3년 반 동안을 직/간접적으로 곁에서 수발하고 지켜보면서 죽음이 서서히 찾아오는 과정을 살필 수 있었는데요, 인간이 한없이 연약한 모습으로 변하며 죽어간다는 것을 알게 되었습니다. 병세가 깊어지면서 몸의 움직임에 이상이 오고, 기억이 쇠퇴해지고, 몸을 가눌 수 없고, 인지 능력이 막히고, 어린아이처럼 대소변을 가리지 못하고, 호흡이 어려워지고… 그렇게 한 단계, 한 단계씩 존엄성이 무너집니다.

〈닥터 하우스〉라는 미드에서 '인간은 존엄성을 지키며 살 수는 있지만, 존엄성을 지키며 죽을 수는 없다'라는 대사가 나오는데, 정확히 딱 들어맞는 표현이라고 생각해요. 어쩌면 죽음 그 자체보다 그 앞에서 인간으로서의 최소한의 품위와 존귀함이 무너져 내리는 사실이 우리를 더 두렵게 만드는 건 아닐까 합니다. 그러면서 동시에 드는 생각은, 살아 있는 우리는 그것이 추하다고 볼 수도 있을지 몰라도, 서서히 육체가 무너져 가는 게 실은 자연스러운 현상이 아닐까라고 생각하기도 하고요.

이렇게 죽음이란 놈 바로 앞에서 인간의 육체가 철저히 무너져 내리고, 죽음 직후에는 남은 자들이 비통하고 허망하기만 합니다. 아무리 생각해도 우리가 죽음을 이겨낼 방법은 없어 보이네요.

하지만, 저는 아버지의 임종을 지키면서 커다란 선물을 받았습니다. 아버지의 산소포화도가 떨어지고 심장의 박동이 회복되지 않는 순간이 되자, 의사 선생님께서 병상으로 들어와 마지막 인사를 하라고 하시더군요.

떨리는 마음을 안고 아버지가 누워 계신 곳으로 들어갔습니다. 거기에 한 마리 작은 사슴처럼 굽은 몸을 웅크린 채 간신히 눈을 뜨고 저를 희미하게 바라보시는 아버지가 계셨습니다. 뭐라고 한마디만 해주시면 좋을 텐데 그저 말없이 눈물을 흘리시더라고요. 제가 살면서 이전에 한 번도 보지 못했던 투명하고 맑은 눈물이었습니다. 그 영혼이 얼마나 순수하면 그런 눈물을 흘리실 수 있었을지 가늠도 되지 않았습니다.

아버지께서는 죽음이 코앞에 다가왔는데도 두려워하거나 억울해하시지 않으셨어요. 저는 그 눈물을 닦아 드리며 아버지 귀에 대고 그동안 너무 감사했었노라고 마지막 인사를 드릴 수 있었습니다.

앞으로 제가 살아갈 날이 얼마나 남아 있을지 모르겠지만, 남은 평생을 아버지께서 흘리신 눈물을 잊지 못하고 지내겠지요. 그리고 저 역시 마지막 순간에 그런 순수한 눈물을 흘리기를 기도합니다. 존재가 멸하고 의식이 망하는 그 순간에, 절대 고립이라는 우주의 암흑 속으로 빨려 들어가게 되는 바로 그 순간에 그래도 나란 사람이 이 세상에 다녀갔다는 불멸의 표식으로 남게 될 순수함의 결정체인 그 눈물 말입니다.

혹시 '리처드 도킨스'의 〈이기적 유전자〉라는 책을 보셨는지 모르겠는데요, 거기에 보면 진화생물학적 관점에서 이기적인 성격을 지닌 유전자는 자신의 존재를 존속하기 위해 개체를 마치 프로그램된 기계처럼 이용해서 후대로 자신의 유전자를 전달한다는 내용이 나옵니다. 사람의 경우를 보더라도 비록 개인들은 수명이 다해서 죽음에 이르지만, 생물학적인 유전자는 물론이고 정신적인 자산까지 후대에 전달되는 건 아닐까 생각을 해봅니다.

아버지께서 저에게 남기신 눈물은 일종의 유전자처럼 제 아이들에게도 전달되어, 죽음이 주는 두려움을 이겨내는 힘과 용기도 함께 전해질 것이라고 믿으며 앞으로 제게 남겨진 날들을 지내려고 합니다. 여기까지가 제가 여러분에게 전하고 싶었던 〈수조에서 벗어나기〉, 혹은 〈비행기에서 스카이다이빙 하기〉에 관한 생각들입니다.

3-10
인생 2막 준비하기

아버지는 떠나셨지만 저는 남았습니다. 오랜 시간 스스로 고립되는 바람에 앞으로 남은 시간 동안 밀린 숙제를 하듯 더 열심히 치열하게 살아가야 할 것 같은데요, 개인적으로는 오래 묵은 구태들을 극복하면서 사회적으로는 경제적인 자립을 일궈서 저 이외의 타인들을 도울 수 있는 만큼 도우며 보람있게 지내고 싶습니다. 저에게는 이 모든 것들이 결국 글을 쓰고 책을 내면서 가능한 일인 듯 보입니다. 네, 이제 저는 초보 작가로 다시 탄생하는 중입니다.

무엇이든 처음 일을 시작하는 사람들은 새로운 결의를 다지게 마련이죠. 사람들은 그걸 '초심'이라고 하는데요, 작가로 탄생하는 시간을 보내고 있는 저도 앞으로 어떤 마음을 지니고 지내야 할지 생각을 해봅니다. 어떤 어려움이나 시련이 와도 흔들리지 않을 깊은 뿌리 같은 그런 마음 말이죠. 그리고 그 마음을 담으면서도 뭔가 잊혀지지 않고 푯대가 될만한 말이 없을까 하고 살펴보게 됩니다. 밤하늘의 북극성이나 밤바다의 등대 처럼 말입니다.

문득 예전에 희곡 수업을 받을 때 선생님께서 얘기하셨던 내용이 떠오 릅니다. '작가란 누구인가?'라는 질문을 던지시고 그에 대한 답을 주셨어 요. '작가란 오늘 아침에도 글을 쓰고 집을 나선 사람이다'라고요. 아침에 일어나면 누가 시키지 않아도 양치를 하고, 세수하고, 이불을 개듯이 글 을 쓰는 일이 자연스럽게 생활의 한 부분으로 녹아들었으면 좋겠습니다. 세상의 평판에 휘둘려 낙심하고 게을러지면서 매문賣文 따위나 하며 양심 을 팔고 싶지는 않다는 결심을 해봅니다. 그래서 가슴에 〈생글방글〉이라 는 말을 새겼습니다. 아침마다 우유를 짜고 달걀을 받듯이, '방'금 길어 올린 '생'생한 글들로 하루하루를 채우고 싶다는 뜻이에요. 잘 되길 빌어 주세요.

제가 앞서 '탄생'이란 말을 썼는데, 그냥 차분하게 '출생'이라고 해야 할 것 같아요. 출생이란 말은 왠지 '생명'과도 연관이 있어 보여서, 독자들에 게 생명력 있는 내용으로 오랜 시간 사랑을 받고 싶은 염원도 담기는 것 같아서 더 좋은 것 같아서요. 그런데 '인간의 출생'과 관련해서 흥미로운 사실 하나를 혹시 아시나요?

과학이 밝혀낸 바에 따르면, 거친 난관을 헤치고 달려온 1등 그룹 수백 마리는 난자를 싸고 있는 난구 세포를 없애서 투명대를 만드는데 온 힘을 다 쓰고 탈진하게 되고, 그 뒤에 도착한 2등 그룹 중 하나가 투명대를 거쳐 난자의 세포막과 결합 된다고 합니다. 간단하게 말하자면 정자는 2등이 승자입니다. 반면 난자는 철저하게 승자독식이라고 합니다. 처음에는 여러 개의 난포가 경쟁을 시작하지만, 자신의 성장은 촉진 시키고 경쟁자들을 퇴화 시키는데 성공한 최종 승자만이 배란에 성공한다고 하네요. 인간의 생명이 시작되는 역사의 첫 페이지에, 생존을 위한 치열한 이기주의와 대의를 위한 헌신적인 이타주의가 공존한다는 사실에 경의를 표하게 됩니다.

출생과 관련하여 과학이 전해주는 솔직담백한 이야기가 세상의 그 어느 탄생 설화들보다 너무 인간적이어서 큰 울림으로 다가옵니다. 앞으로 생명력 있는 글을 쓰기 위해 치열하게 사유하고 헌신적으로 행동하면서 한 발씩 걸어가려고 합니다.

3-11
은하수를 바라보며

원고 작업을 위해 지방으로 여행을 가게 되면, 일부러 시간을 내서 꼭 밤하늘을 바라봅니다. 별들이 빛나는 광경을 마음에 담으려고 하는 거죠. 도시에서는 별을 보기 힘드니까요. 운이 좋아 하늘이 맑은 날 밤이면, 빼곡하게 펼쳐지는 별들의 장관에 감탄하게 되는데 하얀 달도 도시의 불빛을 받으며 봤을 때보다 훨씬 더 강렬하고 경이롭게 보이는 순간이 많아서 참 좋습니다. 우주가 만들어 내는 창조적인 풍경은 하도 숭고해서, 글을 쓰면서 창작행위를 하는 저에게 말 없는 웅변처럼 다가와 하염없이 겸손하게 만들곤 합니다.

'우주'宇宙라는 말이 〈집 우, 집 주〉라는 사실이 참 오묘한 것 같습니다. 영어에서는 코스모스cosmos나 유니버스universe라고 하는데 '집과

186

비교하면 구조와 체계, 그리고 그 속에 흐르는 질서를 강조하는 건 비슷하지만, 결정적으로 인간과의 친밀성에서는 집이라는 말이 더 가깝게 느껴지는 것 같아요. 서양에서는 우주와 인간을 분리해서 생각하지만, 동양에서는 친화적으로 연결해서 천체를 대우주, 사람을 소우주라고 부르는 것만 봐도 알 수 있죠. 그렇게 치면 우리가 비록 몸은 월세 단칸방에 살고 있을지 몰라도 정신만큼은 자기 자신이라는 집의 주인이라고 여기며 살아가도 좋지 않을까요? 네, 우리는 어느새 건물주가 되는 겁니다. 낮은 자존감으로 '집'을 황폐하게 만들지 말고 자존심을 가지고 소중하게 꾸미면서 살아야 할 것 같아요.

밤하늘의 별을 살피다가 요즘은 가능하면 꼭 은하수를 챙겨서 보려고 해요. 어렸을 때는 직접 보지 못하고 동요로만 배웠던, 계수나무 한 나무 토끼 한 마리가 하얀 쪽배를 타고 항해를 한다는 바로 그 은하수 말이에요. 제 눈에는 은하수가 하늘의 흉터처럼 보여서 더 애틋한 마음으로 바라봅니다. 마치 생명이 위태로워 흉부 수술을 한 사람의 가슴에 절개 자국이 난 듯 보여서, '하늘도 말 못 할 사연 하나쯤은 있는가 보다'라고 생각해요. 수도 없이 많은 별이 모여 은하수를 이룬 것처럼, 제 삶에도 크고 작은 사건들이 잊히지 않고 남아서 사연의 강으로 흐르고 있는 건지도 모르겠네요. 그건 비단 저뿐만 아니라 밤하늘의 은하수를 바라보는 모든 분의 이야기가 아닐까요?

여러분들과 인연의 끈으로 만나게 된 이 행성에 오늘도 어김없이 밤이면

은하수가 흐르고, 아침이 오면 바로 그 하늘에서 해가 뜨고 해가 지고, 바람이 불어오면 그 해를 받아 바닷물 위에서 반짝이던 햇살이 흔들립니다. 인생은 그렇게 우리가 서 있는 땅을 시시때때로 흔들어 대곤 하지만, 우리는 어느 시인이 말했던 것처럼 '흔들리면서도 줄기를 곧게 세우고, 바람과 비에 젖으면서도 따뜻한 꽃잎 피우면서' 은하수에 쪽배가 가듯이 그렇게 하루하루 버티며, 순간순간 사랑하며, 매일매일 자신을 넘어서며 열심히 살아가고 있는 것인지도 모르겠습니다.

연기를 하면서 얻은 것

작년에는 제가 참석하는 문학 낭독모임에 계신 분들과 더불어 연극, 뮤지컬의 희곡과 대본을 녹음했던 경험이 있습니다. 그때 저는 연출을 맡아 배역을 받으신 분들에게 목소리 연기를 알려 드리면서 진행을 했었는데요. 올해는 그 작업을 더 키워서 창작극까지 도전해 보고 싶다는 생각이 들었어요. 대본은 저도 참여해서 만들고, 작곡하시는 분이 계시면 섭외해서 작년과 다름없이 즐겁고 보람있게 공동체 생활을 하려고 합니다.

혹시 유익한 취미활동을 찾고 계신 분들이 있다면 저는 주저하지 않고 '연기acting'를 한번 배워 보시라고 권합니다. 처음으로 대본을 보면 평소에 자신이 느껴보지 못한 감정들과 고민하지 않았던 생각들이 적혀 있어서 감정이입이 되지 않아 답답합니다. 대본을 외우고 동작 연습을 하게 되면 이번에는 손발이 오그라드는 것 같은 어색함과 민망함이 쓰나미처럼 머릿속으로 밀려옵니다. 그러다가 공연 날이 다가오면서는 혹시 무대에서 실수할까 두려워서 불안하고 초조해집니다. 공연 며칠 전부터 과민성 대장염이나 편두통을 수반한 불면 증상이 찾아오기도 하고, 공연 당일은 우황청심환으로 떨리는 가슴을 진정시켜야 할지도 모릅니다. 한마디로 사서 고생하라는 것인데, 왜 권하냐고요? 이것 말고도 얻는 게 더 있기 때문입니다.

저는 어릴 적 트라우마로 대인관계에 있어서 어려움이 있었는데, 연기를 배우고 나서 그걸 극복한 경험이 있습니다. 제가 어렸을 때 살던 곳은 서울 외곽 변두리의 가난한 동네였는데요. 아직 초등학교에 진학하기 전의 아이들은 떼를 지어 함께 다니며 놀 거리를 찾곤 했습니다. 시뻘건 흙밭에서 무를 뽑아 이빨로 갉아 먹으면 톡 쏘는 매운맛에 화들짝 놀라서 눈물, 콧물이 나오곤 했어요. 겨울이면 얇은 살얼음이 맺힌 개울가로 나가서 집 안의 누군가가 만들어 준 조악한 썰매를 지치며 놀다가 물에 빠져서 감기에 걸려 며칠이나 끙끙거리며 앓기도 했고요.

그러다가 운 좋게도 동네 한편에 거대한 '놀이동산'이 생겼습니다. 누군가가 땅을 사서 거기에 2층 양옥집을 지으려다가 무슨 문제가 생겼는지 공사가 중단되면서 몇 달이나 방치상태가 되었던 거죠. 저를 포함한 아이들은 신이 나서 매일 그곳으로 몰려가 숨바꼭질도 하고 다방구도 하고 말뚝박기도 하면서 시간 가는 줄 모르고 놀곤 했습니다.

그러던 어느 날, 사건이 터졌어요. 누군가가 2층 베란다 자리에서 땅으로 떨어지는 놀이를 제안했어요. 꼬맹이들 눈높이에서는 상당히 높은 위치여서 일종의 담력 테스트였는데, 땅바닥에 건축용 유리솜 더미가 수북이 쌓여 있다고 해도 그건 참 위험천만한 놀이였습니다. 게다가 저는 당시 무리 중에서 가장 나이가 어린 처지여서 형들이 하나씩 둘씩 밑으로 몸을 날려 뛰어내리는 걸 지켜보면서 다리가 후들거리고 가슴이 쿵쾅거렸어요.

마침내 맨 마지막으로 제 차례가 왔고, 위에서 아래를 내려다보니 형들의 눈동자들이 반짝거리고 있더라고요. 그건 마치 숲에 숨어 있는 야수들이 먹잇감을 앞에 두고 노려보는 장면과도 비슷했습니다. 저는 울면서 주저하다가 끝내는 바지에 오줌을 지렸고, 누군가가 올라와서 제 손을 잡고 아래로 내려왔던 기억이 납니다.

그 사건 이후 자라면서 사람 앞에 서는 걸 피하며 살았어요. 친구들하고 테이블에 앉아서 차를 마시거나 술을 마시면 상관이 없는데, 회의실이나 강연장 같은 공공장소에서 사람들의 이목이 집중되는 자리에 서면 식은땀이 흐르곤 했습니다. 게다가 성격이 예민하고 낯을 가리면서 모르는 사람들과 부딪히는 자리가 점점 부담되고 어려웠더라고요. 외국 영화나 드라마를 보면 파티장면이 많이 나오는데요, 등장하는 사람들이 가볍게 인사를 나누고 스스럼없이 대화를 나누는 모습을 보면 참 부러웠습니다. 대인관계가 폐쇄적으로 굳어지면서 점점 가족들하고 갈등이 생겨서 부딪히게 되면 그냥 자리를 피하고 말았어요. 트라우마가 성격에 영향을 미치고 그 결과가 실생활에 영향을 미친다는 사실이 정말 무섭다는 생각이 들곤 했었죠.

　그런 제가, 처음으로 무대에 올라서 조명을 받으며 연기를 펼쳤던 날을 어떻게 잊을 수가 있을까요? 예전 꼬마 시절에 겪었던 그 일이 다시 펼쳐지는 것 같은 착각이 들었고, 이번에는 그때처럼 바지에 오줌을 지리지 않고 주어진 배역을 무사히 마치고 감격했던 순간이었습니다. 그날 이후, 저는 사람들과 어울려 지내는 일이 차차 좋아졌고 가족들과 서툴고 거칠게 의사소통을 하던 일도 점점 나아지면서 이제는 만족스러운 생활을 하고 있습니다.

　이쯤 되면 제가 왜 여러분께 연기를 배워 보시라고 권하는지 이해하셨을 텐데요, 다시 한번 용기를 내서 도전해 보시라는 당부를 드립니다. 저 역시 올해에 지난해에 이어서 뜻맞는 분들과 즐겁게 라디오 드라마 낭독극을 준비하며, 그 과정에서 저에게 연기를 배운 분들의 삶이 조금이나마 좋아지는 결과를 만들어 보려고 합니다.

3-13
나에게 사과하기

어쩌다 보니 올해 유튜브 방송을 진행할 것 같습니다. 얼마 전에 그동안 알고 지냈던 지인분께서 자신이 비용 감당을 할 테니, 저더러 유튜브 방송을 한번 진행해 보면 어떻겠냐는 제안을 주셨어요. 요즘 그걸 준비하느라 조금 바쁘게 지내고 있는데요, 스튜디오 장소를 물색한 끝에 입주 계약을 마쳤고 프로그램 방향성과 스튜디오 인테리어 및 보조 진행자와 편집을 위한 인력 등에 관해 기획하며 고민하는 중입니다. 지난 2년 동안 취미로 팟캐스트 방송을 하면서 언젠가는 유튜브 방송까지 꼭 도전해 보고 싶다는 바람이 있었는데, 이제 바람이 현실이 되려고 하니까 사실 좀 얼떨떨하고 믿기지 않기도 하고 그렇네요.

사실 유튜브 방송은 팟캐스트 방송과는 달리 녹화나 편집을 위한 비용이 만만치 않아서 취미활동으로 시작하기에는 좀 부담되는 게 사실인데요, 기술적인 면이나 비용적인 면은 지원을 받아서 해결하고 간다고 해도, 심리적 부담감이 더 큰 장벽이기도 합니다. 일단 지속적으로 콘텐츠를 업데이트하기 위한 특정 분야의 방대한 실력이 자신에게 있는가에 대한 불안함이 크고요, 자신의 얼굴이나 외양을 드러내야 한다는 사실 역시 만만치 않은 부담감으로 다가옵니다.

특히나 제 모습을 드러낸다는 부분에서 저는 가장 크게 스트레스를 받는 편인데요, 목소리만 나와서 편안하게 진행하고 있는 팟캐스트 방송에 만족하지 않고 굳이 제가 유튜브에 도전하고 싶다는 생각을 하게 된 이유는 뭘까요? 요즘 초등학생들이 장래 희망직업의 최우선으로 '유튜브 크리에이터'를 꼽는다고 하는데, 저도 유튜브 방송을 통해 부와 명예(?)를 한번 거머쥐고 싶다는 생각을 한 걸까요? 물론, 아닙니다.

자신의 얼굴이나 외양에 자신감을 보이지 못하는 사람들은 어쩌면 콤플렉스에 사로잡혀 있을 가능성이 있겠죠. 남들과 비교해서 스스로 열등하다고 여기는 마음이 콤플렉스라고 한다면 말입니다. 저의 경우에는 그런 콤플렉스가 아니라 오히려 그보다 더 깊은 상처, 남들에게 말하기 어려운 사연이 하나 있어요. 이것도 일종의 트라우마가 아닐까 하는 생각이 들 정도로 제 의식을 잠식하고 행동까지 규제했던 사건이라고 말하고 싶네요.

혹시 여러분 중에는 지속적으로 악몽을 꾸는 분들이 계실까요? 제 경우에는 무려 30년이 넘도록 저를 괴롭히던 악몽이 하나 있었습니다. 일년에 한두 번 꼭 꿈속에 나타나는 사건이었는데, 제가 대학 입시를 치르던 당일에 이런저런 돌발 상황으로 시험을 망치는 내용이었어요. 실제로는 시험 당일 무사히 시험을 치렀는데도 온갖 상황들이 꿈에서 등장했습니다. 그 악몽을 꾼 다음 아침에는 식은땀을 흘려서 침상이 젖어 있고, 우울한 상태에서 하루를 보냈던 기억이 납니다. 정말 이상한 일이었어요. 그렇게 오랜 시간이 지나면 당연히 안 좋은 기억들이 사라져야 정상인데, 왜 유독 그 일만 계속해서 꿈에 나타나는 건지 이해가 잘 안 되더라고요.

그러다가 최근에 마지막으로 악몽을 꾸고 일어나서 뒤늦게 그 원인을 알게 되었습니다. 이 책의 원고를 쓰기 시작하면서 집중적으로 저 자신에 대해 깊이 고민하고 성찰하는 날들이 많아서였는지, 이번에는 다른 때처럼 그냥 넘어가지 않고 꿈속의 제 모습을 생각하게 되었죠. 그러다가 깨닫게 되었어요. '그동안 내가 재수까지 하면서도 시험을 제대로 준비하지 못한 자신을 용서하지 못하고 살았구나'하는 자각을 말이죠. 트라우마는 자신도 모르는 무의식에도 생길 수 있다는 걸 알게 되었고, 저는 그날 아침 엎드려서 펑펑 울면서 그동안 심판자처럼 정죄했던 저 자신에게 진심으로 사과를 했습니다.

그렇게 저 자신과 화해를 하고 돌이켜 보니, 비로소 그동안 제가 얼마나 저를 미워하며 지냈는지 똑똑히 알게 되었습니다. 30년도 넘은 과거의 대학 입시제도가 개인의 의식을 짓눌러 파괴했다는 사실과, 그렇게 피해를 입은 제가 지나치게 높은 기준으로 스스로에게 너무 가혹한 평가를 내리며 용서하지 못하고 살았다는 사실 모두가 말이죠.

이제라도 그런 비극에서 벗어나게 된 것을 다행으로 생각합니다. 그래서 이제 앞으로 유튜브 방송을 진행하게 된다면 거기에 나오는 저 자신을 더 자랑스럽고 사랑스럽게 바라보게 될 것 같아서 기쁩니다. 아직도 제 마음 한편에는 사람들 앞에 저를 드러내고 보여주는 것에 대한 두려움이 조금은 남아 있어 보이지만, 그래도 용기를 내서 도전하고 싶습니다. 저를 더 자연스럽게 받아들이고, 스스럼없이 인정하고 싶은 마음 때문에 그렇습니다. 여러분들도 이런 제 모습을 응원해 주시면 좋겠습니다.

딸아이와 함께 하는 바리스타 수업

딸아이가 올해 고등학교 진학을 합니다. 중학교 졸업식에 참석하면서 너무 울컥할까 걱정했는데 의외로 담담했고, 딸이 대견하고 자랑스럽다는 생각과 뿌듯한 감정이 더 크게 다가왔습니다.

중학교는 그나마 집에서 가까이 있었기 때문에 혼자서 등하교를 걸어서 했는데, 새로 배정받은 고등학교는 버스로 몇 정거장이나 떨어진 곳이라서 과연 딸아이가 혼자서도 잘 다닐지 아직 입학하기도 전인데 벌써 고민이 되네요. 늘 보란 듯이 의연한 모습을 보여준 아이라서 이번에도 잘 해주리라 믿고 있기는 합니다.

지역 복지센터에서 신학기 프로그램으로 '부모와 함께 하는 바리스타 수업' 프로그램을 개설한 걸 보고서 주저하지 않고 신청했습니다. 아이가 고등학교에 진학하면서 이제 진로문제, 특히 직업과 관련한 교육에 신경을 많이 써야 하는 상황이네요. 우리 아이가 성격이 매우 꼼꼼하지만, 손놀림의 발달이 조금 늦은 편이라 일단 부딪혀 보고 상태를 보면서 계속해야 할지 결정해야 할 것 같습니다. 그동안에는 수업에 데려다주면 밖에서 끝나기를 기다리는 처지였는데, 이제 우리 아이와 함께 수업을 받는다는 사실이 기쁘고 가슴이 설레면서 빨리 첫 수업이 왔으면 좋겠습니다.

만약에 나중에 딸아이와 함께 카페를 차리게 된다면, 마당이 있는 단독주택 1층에 가게를 내고 싶습니다. 우리 아이의 든든한 친구가 되어줄 반려견도 한 마리 키우고 싶거든요. 마당의 한 편에는 우리 아이가 좋아하는 꽃을 심어서 가꾸고 싶기도 합니다. 볕이 좋은 날에는 카페에 앉아 눈앞으로 넓게 펼쳐진 창문을 통해 아이가 마당에서 꽃을 돌보며 행복한 시간을 보내는 모습을 지켜보면서 글을 쓰고 싶습니다.

카페의 벽면에는 우리 아이가 그토록 좋아하는 만화책들로 꽉 채워놓고 언제든지 꺼내 보도록 해놓고 싶습니다. 아, 최근에는 드디어 서점에서 우리 아이가 초등학교 대상의 만화 코너를 졸업하고 청소년들이 보는 코믹북을 집어 들기 시작했어요. 그림도 흑백이고 글자도 빽빽하게 들어가 있는데, 그걸 어떻게 재미있게 보는지 보면 볼수록 기특하고 기쁩니다. 비가 내리는 날이면, 카페 문을 잠깐 닫아 놓고 같이 우산을 쓰고 동네를 한 바퀴 돌고 와서 향이 좋은 커피를 내려 아이와 함께 마시고 싶습니다.

반려견 먹이는 아이가 챙기도록 하고, 자기보다 나이 어린 친구들을 끔찍이도 좋아하니까 혹시 동네에서 자기 집 아이를 맡기고 싶은 부모에게는 카페를 개방해서 받아 주고 우리 아이가 돌보도록 해주고 싶습니다. 그렇게 경험이 쌓여 기회가 닿는다면 장애인 보육교사 자격증을 따서 본격적으로 일자리를 얻도록 해도 더없이 좋지 않을까 하는 마음도 생기네요. 만약에 이런저런 상황이 허락하지 않아서 우리 아이와 단둘이 카페를 지키더라도 시간이 되는대로 아이가 좋아하는 애니메이션 주제가를 크게 틀어놓고 함께 마음껏 노래를 불러도 좋을 것 같습니다.

아이와 함께 운영하고 싶은 카페의 모습을 상상하면서, 한잔의 커피 향이 온 가게에 퍼지는 것처럼 입가로 미소가 번지고 있습니다. 현실은 상상과 달리 커피 원두처럼 쓰지만, 그래도 그동안 아이와 함께 걸어왔던 지난 시간의 추억과 경험이 달콤한 시럽처럼 흘러서 걱정과 불안의 마음을 달래줍니다. 앞으로 남은 시간에도 아이의 손을 꽉 잡고 걸어간다면 어떻든 길이 보이고 희망이 나타날 것이라 믿어 의심치 않습니다. 일단 다가오는 이번 봄부터는 바리스타 수업부터 첫발을 뗄 것입니다.

3-15
해돋이를 바라보며

올 새해 첫날, 동해안으로 해돋이를 보러 다녀왔습니다. 그날도 예외 없이 수없이 많은 분이 찾아오셔서 희망찬 신년을 기원하며 함성을 지르는 모습을 여기저기서 볼 수 있었어요. 이렇게 일 년에 한 번씩 찾게 되는 연례행사를 통해, 손에 잡히지도 않고 보이지도 않는 시간을 하루, 일주일, 월, 절기, 일 년으로 나누고 각각 의미를 부여하고 기념하는 호모 사피엔스의 지혜에 감탄스러운 찬사를 보내게 됩니다.

바다를 가르고 힘차게 솟아오르는 태양을 바라보며 참 의리가 대단하다고 느꼈습니다. 어떻게 매일 하루도 거르지 않고 찾아올 수 있을까. 바로 어제만 하더라도 온종일 내려다본 지구 곳곳에서 인간군상들이 만들어 내는 모습들에 웬만하면 진저리가 나서 다시는 꼴도 보기 싫었을 법도

한데, 어김없이 언제 그랬냐는 듯 반가운 모습을 보이는 자태가 참 예사롭지 않게 다가오는 거죠.

하지만, 한 번만 더 생각하면 태양은 움직이지 않고 그 자리에 있다는 사실을 떠올리게 됩니다. 맞아요, 움직이는 건 태양이 아니라 지구가 돌고 있으니까요. 지구야말로 자신의 영토에서 마치 주인인 양 살아가는 인간들에게 염증을 느낄 때가 한두 번이 아닐 텐데, 참 무던하기도 합니다. 그래도 자연을 닮은 이들이 있으니 어머니의 자애로움으로 관용을 베풀고 있는 건지도 모르겠습니다.

결국, 우리가 아침마다 떠오르는 태양을 볼 수 있는 건 당장 망해도 할 말 없는 이 세상에서 그래도 매일매일 정직하게 열심히 살아가는 사람들이 있어서 가능한 일이 아닐까 해요. 저도 그런 사람 중의 하나가 되어 지구를 지켜야겠다고 다짐하며, 이번에 해돋이를 보러 떠났던 길에 차 안에서 떠오른 생각을 정리해서 적어본 시를 마지막으로 전합니다.

한 권의 책에 담아낼 수 있는 인생의 분량이 참 제한적이어서 아직 제 가슴 속에는 여러분과 나누고 싶은 얘기들이 많이 남아 있지만, 그리고 그 얼마 되지도 않은 분량보다도 더 부족한 제 글솜씨가 야속해서 아쉽기도 하지만, 이렇게 마지막 작별인사를 드리게 되는 순간이 참 행복하게 느껴지는 지금입니다. 네, 저는 다름 아닌 독자 여러분이 함께 해주심으로 인해, 생각보다 잘 지내는 중입니다.

세밑 단상

그대, 수고했다.
살아있어서 힘든 거다.

돌아보면 어느 한순간
쉬웠던 적이 있었던가.

봄비 내리는 거리에서
한숨 쉬며 멈칫거리고,

한여름 태양 빛 아래
휘청거리며 쓰러지고,
낙엽 떨어지는 가을날
고개 떨궈 울기도 하고,
옷깃을 파고드는 찬바람에
내일은 더 나아지려나
처마 밑에서 움츠렸던 그대.

죽은 자들은 걱정하지 않는다.
죽은 자들은 불평하지 않는다.
죽은 자들은 좌절하지 않는다.

살아있어서 힘든 거다.
살겠다고 버티니까
힘에 겨워 흔들리는 거다.

그래서 오늘은
특별한 날이 아니다.
오늘은 그저
어제와 내일 사이에 놓인
징검다리 같은 날이다.

팍팍한 무르팍
시냇가에 잠시 쉴 때
물 한 모금 마시고
다시 즈려밟고 가야 하는

오늘은 그저
작은 돌멩이 같은 날이다.

힘들다고
사랑하지는 말자.
사랑도 가끔은
저 스스로 힘들어서
누군가에 기대고 싶어 한다.

힘들다고 주저앉아
연락도 없는 누군가를
기다리지는 말자.
그냥 아무 일 없듯
깨진 가슴 보듬어
새롭게 길을 가자.

그대, 힘을 내자.
살아있으니까 힘든 거다.
사랑하려니까 힘든 거다.

독자와 가는 여정

오늘도 어김없이 마트에 갑니다. 먹고 살아야 하니까요. 장바구니에 이 것저것 물품을 담다가 기대감을 품고 시식 코너에 들립니다. 음식을 조리하는 판매원이 반갑게 반기며 즉석에서 조리된 음식을 작은 종이컵에 담아 건네주네요. 오물거리며 먹는 짧은 시간에 판매원께서는 아마 수백 번은 되풀이하셨을 멘트를 쏟아 내십니다.

'이번에 새로 나온 이 상품으로 말하자면 맛과 영양에서 월등하게 좋아졌고, 요즘 광고도 여기저기에서 많이 나오고, 고객들 호평이 이어지고 있고, 특히 이번 출시기념 프로모션 행사 기간에만 대폭 가격을 낮췄는데 심지어 하나를 사시면 하나 더 주는 원플러스원이어서 오늘 넘기시면 후회하실 것'이라는 내용입니다.

마치 사야 할지 고민하는 척 조금 심각한 표정을 짓고 있다가, 제 뒤로 오신 고객에게 판매원께서 작은 컵을 건네시는 틈을 타서 슬그머니 그 자리를 빠져나옵니다. 다음 상품의 시식대로 걸음을 옮기다가 퍼뜩 한가지 생각이 스칩니다. '신상품도 원플러스원 행사를 하는구나!' 새로운 깨달음입니다.

그동안 원플러스원이라고 하면, 오랫동안 창고에서 재고로 남아 있다가 유통기한 마감이 임박하면 끼워팔기식으로라도 팔아야 하는 상품만을 위한 기획인 줄 알았거든요. 제 눈에는 이것이 사람이 생명을 이어가는 방식과 비슷하게 보였습니다. 갓난아기들과 말년의 노인들이 유동식을 섭취하듯이, 상품도 신상 출시와 철수의 양극단의 시점에 생명 유지를 위한 촉진 promotion이 필요한 모양입니다. 제 경우를 보자면, 육체는 노화가 시작되면서 점점 노인이 되는 경로로 진입했지만, 말년이라고 하기에는 이른 시기입니다. 아직은 촉진제가 필요한 상황은 아니란 뜻이죠. 하지만 직업에서는 이제 막 새롭게 태어난 초보 작가, 갓난아기와 같은 상태라는 걸 인정하게 됩니다.

마지막 퇴고본을 출판사에 메일로 보내고 갑자기 허기가 몰려와서 낮에 마트에서 샀던 라면을 끓이려고 물을 올렸습니다. 물이 끓는 사이에, 작가로서 죽지 않고 시장진입에 성공하기 위해서 저한테 필요한 〈원플러스원〉은 과연 무엇일까 생각해 봅니다. 저 자신을 '1'로 봤을 때 과연 또 다른 '1'은 누구일까 궁금해진다는 뜻입니다. 원고를 작성하며 절망하고 낙심하는 '저'를 독려하면서 끝까지 포기하지 않도록 이끌어 준 저의 '무의식'일까, 혹은 시시때때로 도망치고 싶은 '저'를 믿고 기다리면서 성원해 준 가족들과 친구들일까, 아니면 헤밍웨이가 갈파했듯이 걸레처럼 볼품없는 초고를 꼼꼼히 체크하고 수정사항들을 일깨워 주신 출판사 편집자 여러분일까, 머릿속이 좀 복잡해집니다.

　라면 물이 끓어 올라서 면과 스프를 넣고 달걀까지 집어넣습니다. 이번에는 다행히 물을 잘 맞춘 듯해서 기분이 좋아집니다. 조리가 완성되고 그릇에 조심스럽게 담아서 식탁으로 옮기다가 하마터면 무릎을 탁, 치며 라면을 엎을 뻔했습니다. 작가인 '저'는 다름 아닌 '독자'들, 바로 여러분으로 인해 완성되면서 이 살벌한 업계에서 묻히지 않고 살아갈 수 있다는 확신이 들어서입니다. 젓가락으로 면발을 호호 불어가며 씩씩하게 라면을 해치웁니다. 독자 여러분과 더불어, 함께 걸어가야 하니까요.

　아울러 나의 이 첫 책을 먼저 떠나신 아버지와 줄탁동기 책순이에게 헌정하고 싶습니다. 끝까지 부족한 제 글을 읽어주신 독자들께 깊이 감사드립니다.